PRZECIWSTAWNE STRONY

Przeciwstawne strony

ALDIVAN TORRES

aldivan teixeira torres

CONTENTS

1 – Przeciwstawne Strony 1

1

PRZECIWSTAWNE STRONY

Aldivan Teixeira Torres

PRZECIWSTAWNE STRONY

Krótka biografia: Aldivan Teixeira Torres stworzył serii widzący, synowie serii światła, poezji i scenariuszy. Jego kariera literacka rozpoczęła się pod koniec 2011 roku od opublikowania jego pierwszego romansu. Z jakiegoś powodu przestał pisać dopiero w drugiej połowie 2013 roku. Od tego czasu nigdy się nie zatrzymał. Ma nadzieję, że jego pisanie przyczyni się do pernambuco i kultury brazylijskiej, wzbudzając przyjemność czytania w tych, którzy jeszcze nie mają zwyczaju. Jego motto brzmi: „Za literaturę, równość, braterstwo, sprawiedliwość, godność i c złowienie człowieka na zawsze".

"Królestwo Niebieskie jest jak człowiek, który siał dobre ziarno na polu. Pewnej nocy, kiedy wszyscy spali, jego wróg przyszedł i siał chwasty wśród pszenicy i uciekł. Kiedy pszenica rosła, a uszy zaczęły się formować, pojawiły się również chwasty. Pracownicy szukali właściciela i powiedzieli mu. "Panie, czy nie siać dobrego nasienia na swojej dziedzinie? Skąd wtedy przyszedł, chwastów?" Właściciel odpowiedział: "Był wrogiem, który to zrobił." Pracownicy pytali: "Czy wyciągiem chwast?" Właściciel odpowiedział: "Nie. Może być tak, że po wykorzenieniu chwastów, dostajesz również pszenicę. Niech rośnie razem aż do zbiorów. A w czasie żniw powiem siewcom: Zacznij najpierw od chwastów i zawiąż go w wiązki do spalenia. Następnie zbierz pszenicę do mojej stodoły." Mateusza 13:24-30.

Przeciwstawne strony
Przeciwstawne strony
Nowa era
Preparaty
Święta Góra
Chata
Pierwsze wyzwanie
Drugie wyzwanie
Duch Góry
Decydujący dzień
Młoda dziewczyna
Drżenie
Dzień przed ostatnim wyzwaniem
Trzecie wyzwanie.
Jaskinia Rozpaczy
Cud

Wyjście z jaskini
Spotkanie ze Strażnikiem
Żegnanie się z górą
Podróż w czasie.

Po nieudanej próbie opublikowania książki czuję, że moja siła przywraca i wzmacnia. W końcu wierzę w mój talent i wierzę, że spełnię swoje marzenia. Nauczyłem się, że wszystko dzieje się w swoim czasie i wierzę, że jestem wystarczająco dojrzały, aby zrealizować swoje cele. Pamiętaj zawsze: Kiedy naprawdę czegoś chcemy, świat spiskuje, aby to się stało. Tak się czuję: odnawiane z siłą. Patrząc wstecz, myślę o dziełach, które czytałem tak dawno temu, które z pewnością wzbogaciły moją kulturę i moją wiedzę. Książki wprowadzają nas przez nieznane nam klimaty i wszechświaty. Czuję, że muszę być częścią tej historii, wielkiej historii, jaką jest literatura. Nie ma znaczenia, czy pozostanę anonimowy, czy zostaję wielkim autorem, który jest uznawany na całym świecie. Ważny jest wkład, jaki każdy z nich wnosi do tego wielkiego wszechświata.

Cieszę się z tej nowej postawy i przygotowuję się do wielkiej podróży. Ta podróż zmieni mój los, a także losy tych, którzy mogą cierpliwie przeczytać tę książkę. Chodźmy razem w tej przygodzie.

Preparaty

Pakuję walizkę z moimi osobistymi przedmiotami o najwyższym znaczeniu: niektóre ubrania, kilka dobrych książek, mój nierozłączny krucyfiks i Biblia i trochę papieru do napisania. Czuję, że zyskam wiele inspiracji z tej podróży. Kto wie, może zostaną autorem niezapomnianej historii, która przejdzie do historii. Zanim jednak pójdę, muszę pożegnać się ze wszystkimi (zwłaszcza z moją matką). Ona jest nadopiekuńczy i nie pozwoli mi odejść bez dobrego powodu, a przynajmniej z obietnicą, że wrócę wkrótce. Czuję, że pewnego dnia będę musiał dać krzyk wolności i latać jak ptak, który stworzył własne skrzydła... i będzie musiała to zrozumieć, ponieważ nie należę do niej, ale raczej do wszechświata, który mnie przywitał, nie wymagając niczego ode mnie w zamian. To dla wszechświata postanowiłem zostać pisarzem i spełnić swoją funkcję i rozwijać swój talent. Kiedy przyjdę na koniec drogi i zrobię coś z siebie, będę gotowy do zawarcia komunii ze stwórcą i nauczenia się nowego planu. Jestem pewien, że będę miał również w tym szczególną rolę.

Chwytam za walizkę i dzięki temu czuję udręki we mnie. Przychodzą mi na myśl pytania: Jaka będzie ta podróż? Czy nieznane będzie niebezpieczne? Jakie środki ostrożności należy podjąć? Wiem, że będzie to prowokujące do mojej kariery i jestem gotów to zrobić. Trzymam walizkę (ponownie) i przed wyjazdem szukam mojej rodziny, aby się pożegnać. Moja mama jest w kuchni przygotowuje obiad z moją siostrą. Zbliżam się i zajmuję się kluczową kwestią.

— Zobacz tę torbę? To będzie mój jedyny towarzysz (z wyjątkiem ciebie, czytelnicy) w podróży, że jestem przygotowany do. Szukam mądrości, wiedzy i przyjemności mojego zawodu. Mam nadzieję, że obaj rozumiecie i aprobujecie podjętą przeze was decyzję. Przyjdź; daj mi uścisk i dobre życzenia.

— Mój synu, zapomnij o swoich celach, ponieważ są one niemożliwe dla biednych ludzi takich jak my. Powiedziałem tysiąc razy: Nie będziesz idolem ani niczym podobnym. Zrozum: Nie urodziłeś się, aby być wielkim człowiekiem — powiedziała Julieta, moja Matka.

— Posłuchajcie naszej matki. Wie, o czym mówi i ma całkowitą rację. Twoje marzenie jest niemożliwe, ponieważ nie masz talentu. Przyjmij, że twoim zadaniem jest po prostu być prostym nauczycielem matematyki. Nie pójdziecie dalej — powiedziała Dalva, moja Siostra.

— Więc nie uściski? Dlaczego nie wierzycie, że mogę odnieść sukces? Gwarantuję wam: Nawet jeśli zapłacę, aby zrealizować moje marzenie, odniosą sukces, ponieważ wielkim człowiekiem jest ten, który wierzy w siebie. Zrobię tę podróż i odkryję wszystko, co ma do ujawnienia. Będę szczęśliwy, ponieważ szczęście polega na podążaniu ścieżką, którą Bóg oświeca wokół nas, abyśmy stali się zwycięzcami.

Mimo to kieruję się w stronę drzwi z pewnością, że będę zwycięzcą tej podróży: podróży, która zabierze mnie do nieznanych miejsc.

Święta Góra

Dawno temu słyszałem o niezwykle niegościnnej górze w okolicy Pesqueira. Jest częścią pasma górskiego Ororubá (rdzenna nazwa), gdzie mieszkają rdzenni mieszkańcy Xukuru. Mówią, że stało się święte po śmierci tajemniczego człowieka medycyny z jednego z plemion Xukuru. Jest w stanie sprawić, by każde życzenie stało się rzeczywistością, o ile intencja jest czysta i szczera. Jest to punkt wyjścia mojej podróży, którego celem jest uczynienie niemożliwego. Czy uważasz czytelników? Następnie pozostań ze mną, zwracając szczególną uwagę na narrację.

Po **Br.** 232 autostrady, dotarcie do gminy Pesqueira, około piętnastu mil od centrum, jest Mimoso, jeden z jego okręgów. Nowoczesny most, niedawno zbudowany, daje dostęp do miejsca, które znajduje się między górami Mimoso i Ororubá, skąpane przez rzekę Mimoso, która biegnie na dno doliny. Święta góra jest dokładnie w tym momencie i to jest, gdzie jadę.

Święta góra znajduje się obok dzielnicy i w krótkim czasie jestem u jej podnóża. Mój umysł wędruje w przestrzeni i odległym czasie wyobrażając sobie nieznane sytuacje i zjawiska. Co mnie czeka po wspinaczce na tę górę? Z pewnością będą to ożywianie i stymulowanie doświadczeń. Góra jest o niskim wzroście (2300 stóp) i z każdym krokiem czuję się pewniej, ale także wyczekiwki. Wspomnienia przychodzą na myśl o intensywnych doświadczeniach, które przeżyłem w ciągu dwudziestu sześciu lat. W tym krótkim okresie było wiele fantastycznych wydarzeń, które sprawiły, że uwierzyłem, że jestem wyjątkowy. Stopniowo mogę podzielić się tymi wspomnieniami z wami, czytelnikami, bez poczucia winy. Jednak to nie jest czas. Będę kontynuował drogę góry w poszukiwaniu wszystkich moich pragnień. To jest to, co mam nadzieję i po raz pierwszy jestem zmęczony. Przejechałem połowę trasy. Nie czuję wyczerpania fizycznego, ale głównie psychicznego z powodu dziwnych głosów z prośbą o powrót. Nalegają całkiem sporo. Nie poddaję się jednak łatwo. Chcę dotrzeć na szczyt góry za wszystko, co jest warte. Góra oddycha dla mnie z powietrza zmian, które emanują dla tych, którzy wierzą w jego świętości. Kiedy tam dojdę, myślę, że będę dokładnie wiedział, co zrobić, aby dotrzeć do ścieżki, która poprowadzi mnie przez tę podróż, na którą tak długo czekałem. Trzymam wiarę i moje cele, ponieważ mam Boga, który jest Bogiem niemożliwego. Kontynuujmy chodzenie.

Poszedłem już trzy czwarte ścieżki, ale nadal jestem ścigany przez głosy. Kim jestem? Dokąd zmierzam? Dlaczego czuję, że moje życie zmieni się diametralnie po doświadczeniu na górze? Oprócz głosów wydaje się, że jestem sam na drodze. Czy to możliwe, że inni pisarze czuli to samo idąc świętymi ścieżkami? Myślę, że mój mistycyzm będzie niepodobny do innych. Muszę kontynuować, muszę pokonać i wytrzymać wszystkie przeszkody. Ciernie, które ranią moje ciało, są niezwykle niebezpieczne dla ludzi. Gdybym przeżył to wejście, już uważałbym się za zwycięzcę.

Krok po kroku jestem bliżej góry. Jestem już kilka metrów od niego. Pot, który biegnie w dół mojego ciała wydaje się osadzony w świętych zapachów góry. Zatrzymam się na chwilę. Czy moi bliscy będą zaniepokojeni? Cóż, to naprawdę nie ma znaczenia teraz. Muszę myśleć o sobie, w tej chwili, aby dostać się na szczyt góry. Od tego zależy moja przyszłość. Zaledwie kilka kroków więcej i dojeżdżam na szczyt. Zimny wiatr wieje, udręczone głosy mylą moje rozumowanie i nie czuję się dobrze. Głosy krzyczą:

— Udało mu się, zostanie nagrodzony! -Czy jest nawet godzien? -Jak udało mu się wspiąć na całą górę? Jestem zdezorientowany i zawroty głowy. Nie sądzę, że jestem dobrze.

Ptaki płaczą, a promienie słońca pięścią moją twarz w całości. Gdzie jestem? Czuję się tak, jakbym upił się dzień wcześniej. Staram się wstawać, ale ramię mi zapobiega. Widzę, że u mojego boku jest kobieta w średnim wieku, z rudymi włosami i opaloną skórą.

— Kim jesteś? Co się ze mną stało? Całe moje ciało boli. Mój umysł czuje się zdezorientowany i niejasny. Czy bycie na szczycie góry powoduje to wszystko? Myślę, że powinienem zostać w moim domu. Moje marzenia pobudziły mnie do tego momentu. Wspinałem się na górę powoli, pełen nadziei na lepszą przyszłość i jakiś kierunek w kierunku osobistego rozwoju. Jednak praktycznie nie mogę się ruszać. Wyjaśnij mi to wszystko, błagam was.

— Jestem strażnikiem góry. Jestem duchem Ziemi, który wieje do tej pory i von. Zostałem tu wysłany, ponieważ wygrałeś wyzwanie. Chcesz spełnić swoje marzenia? Pomogę ci to zrobić, dziecko Boże! Nadal masz wiele wyzwań, z którymi musisz się zmierzyć. Przygotuję cię. Nie bój się. Wasz Bóg jest z wami. Odpocznij trochę. Wrócę z jedzeniem i wodą, aby zaspokoić Twoje potrzeby. W międzyczasie zrelaksuj się i medytuj jak zawsze.

Mimo to pani zniknęła z mojej wizji. Ten niepokojący obraz zostawił mnie bardziej zmartwiony i pełen wątpliwości. Jakie wyzwania musiałbym wygrać? Na jakim działaniu te wyzwania się składa? Szczyt góry był naprawdę bardzo wspaniałym i spokojnym miejscem. Z góry można było zobaczyć małą aglomerację domów w Mimoso. Jest to płaskowyż pełen stromych ścieżek pełnych roślinności ze wszystkich stron. To święte miejsce, nietknięte przez naturę, czy naprawdę zrealizowałoby moje plany? Czy to mnie pisarza na mój wyjazd? Tylko czas mógł odpowiedzieć na te pytania. Ponieważ kobieta brała trochę czasu, zacząłem medytować na szczycie góry. Użyłem następującej techniki: Po pierwsze, oczyszczam umysł (wolny od jakichkolwiek myśli). Zaczynam harmonii z naturą wokół mnie, psychicznie kontemplując całe miejsce. Stamtąd zaczynam rozumieć, że jestem częścią natury i że jesteśmy w pełni powiązani w wielkim rytuale komunii. Moja cisza jest ciszą Matki Natury. Mój krzyk jest również jej wołaniem. Stopniowo zaczynam odczuwać jej pragnienia i aspiracje i vice versa. Czuję jej zmartwiony wołanie o pomoc, prosząc o uratowanie jej życia przed zniszczeniem człowieka: wylesianie, nadmierne wydobycie, polowania i rybołówstwo, emisja gazów zanieczyszczających do atmosfery i inne ludzkie okrucieństwa. Podobnie, ona mnie słucha i wspiera mnie we wszystkich moich planach. Jesteśmy całkowicie zablokowani podczas mojej medytacji. Cała harmonia i współudział pozostawiły mnie całkowicie cicho i skoncentrowane na moich pragnieniach. Aż coś się zmieniło: poczułem ten sam dotyk, który mnie kiedyś obudził. Powoli otworzyłem oczy i zobaczyłem, że staję twarzą w twarz z tą samą kobietą, która nazywała się strażnikiem świętej góry.

— Widzę, że rozumiesz tajemnicę medytacji. Góra pomogła ci odkryć trochę swojego potencjału. Będziesz się rozwijać na wiele sposobów. Pomogę ci w tym procesie. Po pierwsze, proszę, aby zwrócić się do natury, aby znaleźć krokwie, listwy, rekwizyty i linie wznieść chatę, a następnie drewno opałowe, aby ognisko. Zbliża się już noc i musisz chronić się przed okrutnymi bestiami. Od jutra nauczę was mądrości lasu, abyście mogli pokonać prawdziwe wyzwanie: jaskinię rozpaczy. Tylko czyste serce przetrwać ogień jego analizy. Chcesz spełnić swoje marzenia? Następnie zapłacić za nie cenę. Wszechświat nie daje nikomu niczego za darmo. To my musimy stać się godne, aby osiągnąć sukces. To jest lekcja, której musicie się nauczyć, mój synu.

— Rozumiem. Mam nadzieję, że nauczę się wszystkiego, czego potrzebuję, aby pokonać wyzwanie jaskini. Nie mam pojęcia, co to jest, ale jestem pewny siebie. Jeśli pokonałem górę, uda mi się również w jaskini. Kiedy odejdę, myślę, że będę przygotowany, aby wygrać i odnieść sukces.

— Czekaj, nie bądź tak pewny siebie. Nie znasz jaskini, o której mówię. Wiedz, że wielu wojowników zostało już wypróbowanych przez jego ogień i zostało zniszczonych. Jaskinia nie wykazuje litości dla nikogo, nawet marzycieli. Chłońcie cierpliwość i nauczcie się wszystkiego, czego was nauczę. W ten sposób staniesz się prawdziwym zwycięzcą. Pamiętaj: Pewność siebie pomaga, ale tylko z odpowiednią kwotą.

— Rozumiem. Dziękuję za wszystkie porady. Obiecuję wam, że będę go śledzić do końca. Kiedy rozpacz wątpliwości mnie chłonie, przypomnę sobie twoje słowa, a także przypomnę sobie, że mój Bóg zawsze mnie zbawi. Kiedy nie ma ucieczki w ciemną noc duszy, nie będę się bał. Pobiję jaskinię rozpaczy, jaskinię, której nikt nigdy nie uciekł!

Kobieta pożegnała się z polubownie obiecującym powrotem w innym dniu.

Chata

Pojawi się nowy dzień. Ptaki Gwizdaka i śpiewają swoje melodie, wiatr jest północny wschód, a jego powiew odświeża słońce, które wschodzi ostro o tej porze roku. Obecnie jest grudzień i dla mnie ten miesiąc jest jednym z najpiękniejszych miesięcy, ponieważ jest to początek wakacji szkolnych. Jest to zasłużona przerwa po długim roku poświęconym studiom w college'u matematyki; Moment, w którym możesz zapomnieć o wszystkich całkach, pochodnych i współrzędnych biegunowych. Teraz muszę się martwić o wszystkie wyzwania, które życie rzuci na mnie. Od tego zależą moje marzenia. Moje plecy boli w wyniku złej nocy snu leżącego na pobitej ziemi, że przygotowałem jako łóżko. Chata, którą zbudowałem z niesamowitym wysiłkiem i ogień, który zapaliłem, dała mi pewną ochronę w nocy. Jednak słyszałem wycie i kroki poza nim. Dokąd doprowadziły mnie moje marzenia? Odpowiedź jest do końca świata, gdzie cywilizacja jeszcze nie przybył. Co byś zrobił, czytelniku? Czy można również ryzykować podróż, aby twoje najgłębsze marzenia się spełniły? Kontynuujmy narrację.

Zawinięte we własne myśli i pytania, niewiele zdawałem sobie sprawę, że u mojego boku, była dziwna pani, która obiecała mi pomóc na mojej drodze.

—   Czy   dobrze   spałeś?

— Jeśli dobrze oznacza, że nadal jestem cały, tak.

— Przede wszystkim muszę was ostrzec, że ziemia, którą stąpasz, jest święta. Dlatego nie daj się wprawić w błąd przez wygląd lub impulsywność. Dziś jest twoim pierwszym wyzwaniem. Nie przyniosę ci więcej jedzenia ani wody. Znajdziesz je na swoim koncie. Podążaj za swoim sercem we wszystkich sytuacjach. Musisz udowodnić, że jesteś godzien.

— W tym zaroślach jest jedzenie i woda i powinienem je zebrać? Spójrz, pani, jestem przyzwyczajony do zakupów w supermarkecie. Widzisz tę kabinę? Kosztowało mnie to pot i łzy i nadal nie sądzę, że jest to bezpieczne. Dlaczego nie przyznasz mi prezentu, którego potrzebuję? Myślę, że udowodniłem, że jestem godny chwili, w którym wspiąłem się na tę stromą górę.

— Poszukaj jedzenia i wody. Góra jest tylko krokiem w procesie duchowego doskonalenia. Nadal nie jesteś gotowy. Muszę wam przypomnieć, że nie przekazuję darów. Nie mam do tego uprawnień. Jestem tylko strzałką, która wskazuje ścieżkę. Jaskinia jest tym, który daje twoje życzenia. Nazywa się to jaskinią rozpaczy poszukiwaną przez tych, których marzenia stały się od tego czasu niemożliwe.

— Spróbuję. Nie mam nic więcej do stracenia. Jaskinia jest moją ostatnią nadzieją na sukces.

Mimo to wstaję i zaczynam pierwsze wyzwanie. Kobieta zniknęła jak dym.

Pierwsze wyzwanie

Na pierwszy rzut oka widzę, że przede mną jest utarta ścieżka. Zaczynam z nim schodzić. Zamiast zarośla pełnego cierni najlepiej byłoby podążać szlakiem. Kamienie, które moje kroki zamiatać wydają się mówić mi coś. Czy to możliwe, że jestem na dobrej drodze? Myślę o wszystkim, co zostawiłem w poszukiwaniu mojego marzenia: domu, jedzeniu, czystej odzieży i moich książkach matematycznych. Czy to naprawdę warto? Myślę, że się nowe. (Czas pokaże). Dziwna kobieta wydaje się nie powiedział mi wszystko. Im więcej chodziłem, tym mniej znalazłem. Góra nie wydawała się tak obszerna, teraz kiedy przyjechałem. Światło... Widzę światło przed nami. Muszę tam pojechać. Docieram na przestronną polaną, gdzie promienie słoneczne wyraźnie odzwierciedlają wygląd góry.

Szlak dobiega końca i odradza się w dwie odrębne ścieżki. Co mam zrobić? Chodziłem godzinami i moja siła wydaje się wyczerpana. Siadam chwilę, aby odpocząć. Dwie ścieżki i dwie możliwości. Ile razy w życiu mamy do czynienia z takimi sytuacjami; Przedsiębiorca, który ma do wyboru między przetrwania firmy lub wypowiedzenia niektórych pracowników; Biedna matka zaplecza w północno-wschodniej części Brazylii, która musi wybrać, które z jej dzieci karmić; Niewierny mąż, który musi wybierać między żoną a kochanką; W każdym razie, istnieje wiele różnych sytuacji w życiu. Moja zaleta polega na tym, że mój wybór będzie dotyczył tylko mnie. Muszę podążać za moją intuicją, jak zaleciła kobieta.

Wstaję i wybieram ścieżkę po prawej stronie. Robię wielkie postępy na tej drodze i nie zajmuje mi dużo czasu, aby dostrzec kolejną polanę. Tym razem spotykam się z basenem z wodą i kilkoma zwierzętami wokół niego. Chłodzą się w czystej i przejrzystej wodzie. Jak należy postępować? W końcu znalazłem wodę, ale jest pełna zwierząt. Konsultuję się z moim sercem i mówi mi, że każdy ma prawo do wody. Nie mogłem ich po prostu zastrzelić i pozbawić ich. Natura daje mnóstwo zasobów na przetrwanie swoich ludzi. Jestem tylko jednym z wątków w sieci, że splata. Nie jestem lepszy od tego stopnia, że uważam się za pana. Rękami wyciągam rękę do wody i wlewam ją do małego garnka, który przywiozłem z domu. Pierwsza część wyzwania została spełniona. Teraz muszę znaleźć jedzenie.

Ciągle chodzę, na szlaku, mając nadzieję znaleźć coś do jedzenia. Mój żołądek warczy, jak to już minęło w południe. Zaczynam patrzeć na boki szlaku. Być może jedzenie jest wewnątrz lasu. Jak często szukamy najprostszej drogi, ale to nie ta prowadzi do sukcesu? (Nie każdy wspinacz, który podąża szlakiem, jest pierwszym, który dotarł na szczyt góry). Skróty szybko prowadzą do celu. Z tą myślą, zostawiam szlak i wkrótce po znalezieniu banana i drzewa kokosowego. To od nich dostanę jedzenie. Muszę wspiąć się na nie z taką samą siłą i wiarą, o którą wspiąłem się na górę. Próbuję jeden, dwa, trzy razy. Udaje mi się. Wrócę teraz do chaty, ponieważ ukończyłem pierwsze wyzwanie.

Drugie wyzwanie

Przybywając do mojej chaty, znajduję strażnika góry, który wydaje się bardziej błyskotliwy niż kiedykolwiek. Jej oczy nigdy nie odbiegają od moich własnych. Myślę, że jestem bardzo wyjątkowy dla Boga. Czuję jego obecność przez cały czas. Wskrzesza mnie pod każdym względem. Kiedy byłem bezrobotny, otworzył drzwi; Kiedy nie miałem możliwości rozwoju zawodowego, dał mi nowe drogi; Kiedy w czasach kryzysu uwolnił mnie od więzów szatana. W każdym razie to spojrzenie aprobaty od dziwnej kobiety przypomniało mi o mężczyźnie, którego byłem do niedawna. Moim obecnym celem było zwycięstwo bez względu na przeszkody, które musiałem pokonać.

— Tak więc wygrałeś pierwsze wyzwanie. Gratuluję. (Wykrzyknął kobieta). Pierwszym wyzwaniem było zbadanie twojej mądrości i zdolności do podejmowania decyzji i dzielenia się. Obie ścieżki reprezentują "Przeciwstawne strony", które rządzą wszechświatem (dobre i złe). Człowiek ma całkowitą swobodę wyboru obu ścieżek. Jeśli ktoś wybierze ścieżkę po prawej stronie, zostanie oświetlony z pomocą aniołów we wszystkich chwilach swojego życia. To była droga, którą wybrałeś. Nie jest to jednak łatwa droga. Często wątpliwości będą cię atakować i będziesz się zastanawiać, czy ta ścieżka była w ogóle tego warta. Ludzie na świecie zawsze będą krzywdzeni i skorzystają z waszej dobrej woli. Co więcej, pewność siebie, którą wkładasz w innych, prawie zawsze cię zawiedzie. Kiedy się denerwujesz, pamiętaj: Twój Bóg jest silny i nigdy cię nie opuści. Nigdy nie pozwól, aby bogactwa lub pożądanie wypaczyć swoje serce. Jesteście wyjątkowi i ze względu na waszą wartość Bóg uważa cię za swego syna. Nigdy nie spaść z tej łaski. Droga po lewej stronie należy do wszystkich, którzy zbuntowali się na wezwanie Pana. Wszyscy rodzimy się z boską misją. Jednak niektórzy odbiegają od niego materializmem, złymi wpływami, zepsuciem serca. Ci, którzy wybierają ścieżkę po lewej stronie, nie kończą się przyjemną przyszłością, nauczał nas Jezus. Każde drzewo, które nie daje dobrych owoców, zostanie wywożące i wrzucone w zewnętrzną ciemność. To jest przeznaczenie złych ludzi, ponieważ Pan jest sprawiedliwy. W tym czasie, kiedy znalazłeś dziurę w wodzie i te żałosne zwierzęta, twoje serce mówiło głośniej. Słuchajcie go zawsze, a pójdziesz daleko. Dar dzielenia się świecił na was w tym momencie, a wasz duchowy rozwój był zaskakujący. Mądrość, którą pomogłeś ci znaleźć pożywienie. Najłatwiejsza ścieżka nie zawsze jest właściwa do naśladowania. Myślę, że teraz jesteś gotowy na drugie wyzwanie. Za trzy dni wyjdziesz ze swojej chaty i poszukasz faktu. Działaj zgodnie ze swoim sumieniem. Jeśli przejdziesz, przejdziesz do trzeciego i ostatniego wyzwania.

— Dziękuję za towarzyszenie mi przez cały ten czas. Nie wiem, co mnie czeka w jaskini, ani nie wiem, co się ze mną stanie. Twój wkład jest dla mnie bardzo ważny. Odkąd wspiąłem się na górę, czuję, że moje życie się zmieniło. Jestem bardziej spokojny i pewny tego, czego chcę. Zdążę drugie wyzwanie.

— Bardzo dobrze. Do zobaczenia za trzy dni.

Mimo to pani zniknęła po raz kolejny. Zostawiła mnie samego w ciszy wieczoru wraz ze świerszczami, komarami i innymi owadami.

Duch Góry

Noc pada nad górą. Zapalam ogień, a jego trzask łagodzi moje serce. Minęły dwa dni, odkąd wspiąłem się na górę i nadal wydaje mi się, że jest mi tak obcy. Moje myśli wędrują i lądują w dzieciństwie: żarty, lęki, tragedie. Pamiętam dobrze dzień przebrałem się za Indianin: Z łukiem, strzałą i tomahawk. Teraz byłem na górze, która była święta, właśnie z powodu śmierci tajemniczego rdzennego człowieka (Lekarz z plemienia). Muszę myśleć o czymś innym, bo strach mrozi moją duszę. Ogłuszające odgłosy otaczają moją chatę i nie mam pojęcia, co i kim są. Jak można przezwyciężyć jego strach przy takiej okazji? Odpowiedz mi czytelnik, bo nie wiem. Góra jest mi jeszcze nieznana.

Hałas zbliża się coraz bliżej i nie mam gdzie uciekać. Opuszczenie chaty byłoby głupie, ponieważ mógłbym zostać pochłonięty przez okrutne bestie. Będę musiał zmierzyć się z tym, co jest. Hałas ustaje i pojawi się światło. To sprawia, że jeszcze bardziej się boję. Z przypływem odwagi wykrzykuję:

— Kto tam jest w imię Boga?

Głos, zniesmowany niejasnym tangiem, odpowiada:

— Jestem dzielnym wojownikiem, którego jaskinia rozpaczy zniszczyła. Złóż swoje marzenie lub będziesz miał ten sam los. Byłem małym, rdzennym człowiekiem ze wsi w Naród Xukuru. Aspirowałem do bycia szefem mojego plemienia i bycia silniejszym od lwa. Więc spojrzałem na świętą górę, aby osiągnąć moje cele. Wygrałem trzy wyzwania, które narzucą mi strażnik góry. Jednak po wejściu do jaskini zostałem pochłonięty przez ogień, który zniszczył moje serce i moje cele. Dzisiaj mój duch cierpi i tkwi beznadziejnie w tej górze. Posłuchaj mnie albo będziesz miał ten sam los.

Mój głos zamarł mi w gardle i przez chwilę nie mogłem odpowiedzieć na udręczonego ducha. Pozostawił schronienie, jedzenie, ciepłe środowisko rodzinne. Miałem dwa wyzwania w jaskini, jaskini, które mogłyby sprawić, że niemożliwe się spełni. Nie poddałbym się łatwo na moim śnie.

— Posłuchaj mnie, dzielny wojownik. Jaskinia nie dokonuje drobnych cudów. Jeśli tu jestem, to ze szlachetnego powodu. Nie wyobrażam sobie dóbr materialnych. Moje marzenie wykracza poza to. Chciałbym rozwijać się zawodowo i duchowo. Krótko mówiąc, chcę pracować robiąc to, co lubię, zarabiać pieniądze odpowiedzialnie i przyczyniać się z moim talentem do lepszego wszechświata. Nie poddaję się na moje marzenie, że łatwo.

Duch odpowiedział:

— Znasz jaskinię i jej pułapki? Jesteście tylko biednym młodym człowiekiem, który nie zdaje sobie sprawy ze skrajnego niebezpieczeństwa na drodze, którą podąża. Strażnikiem jest szarlatan, który cię oszukuje. Ona chce cię zrujnować.

Naleganie ducha mnie zirytowało. Czy znał mnie przez przypadek? Bóg w swoim miłosierdziu nie pozwoliłby na moją porażkę. Bóg i Dziewica Maryja zawsze były skutecznie u mojego boku. Dowodem na to były różne objawienia Dziewicy przez całe moje życie. W "Wizja medium" (książka, że nie zostały jeszcze opublikowane) scena jest opisana, gdzie siedzę na ławce na placu, ptaki i wiatr agituje mnie, a ja jestem w głębokiej myśli o świecie i życiu w ogóle. Nagle pojawiła się postać kobiety, która po zobaczeniu mnie zapytała:

— Czy wierzysz w Boga, mojego syna?

I niezwłocznie odpowiedział:

— Na pewno i z całą moją istotą.

Natychmiast położyła rękę na mojej głowie i modliła się:

— Niech Bóg chwały okryje was światłem i da wam wiele darów.

Mówiąc to, odeszła, a kiedy zdałem sobie z tego sprawę, nie była już przy mnie. Po prostu zniknęła.

Było to pierwsze objawienie Dziewicy w moim życiu. Ponownie, ukrywając się jako żebrak, podeszła do mnie z prośbą o jakąś zmianę. Powiedziała, że jest rolnikiem i nie była jeszcze na emeryturze. Łatwo, dałem jej kilka monet, które miałem w kieszeni. Po otrzymaniu pieniędzy podziękowała mi, a kiedy zdałem sobie z tego sprawę, zniknęła. Na górze, w tym momencie, nie miałem najmniejszych wątpliwości, że Bóg mnie umiłował i że był u mojego boku. Dlatego odpowiedziałem na ducha z pewnym chamstwem.

— Nie będę słuchał twoich rad. Znam swoje granice i wiarę. Odejdź! Idź nawiedzać dom czy coś. Zostaw mnie w spokoju!

Światła zgasły i usłyszałem hałas schodów opuszczających chatę. Byłem wolny od ducha.

Decydujący dzień

Od drugiego wyzwania upłynęły trzy dni. To był piątek rano, jasne, słoneczne i jasne. Zastanawiałem się nad horyzontem dziś rano, kiedy podeszła dziwna kobieta.

— Czy jesteś gotowy? Poszukaj niezwykłego wydarzenia w lesie i działaj zgodnie ze swoimi zasadami. To jest twój drugi test.

— W porządku, przez trzy dni czekałem na ten moment. Myślę, że jestem przygotowany.

Pośpiesznie kieruję się do najbliższego szlaku, który daje dostęp do lasu. Moje kroki nastąpiły w prawie muzycznym rytmie. Jakie było to drugie wyzwanie? Niepokój chwycił mnie i moje kroki przyspieszyły w poszukiwaniu nieznanego celu. Tuż z przodu pojawiła się polana na szlaku, gdzie rozeszła się i rozdzieliła. Ale kiedy tam dotarłem, ku mojemu zaskoczeniu, rozwidlenia nie było i zamiast tego oglądałem następującą scenę: chłopiec, ciągnięty przez dorosłego, płacząc głośno.

Emocje przejęły nad mną kontrolę w obecności niesprawiedliwości i dlatego wykrzyknąłem:

— Niech chłopiec odejść! On jest mniejszy od ciebie i nie może się bronić.

— Nie będę! Traktuję go w ten sposób, bo nie chce pracować.

— Ty potwór! Mali chłopcy nie powinni pracować. Powinni się uczyć i być dobrze wykształceni. Uwolnij go!

— Kto mnie uczyni, ty?

Jestem całkowicie przeciwny przemocy, ale w tej chwili moje serce poprosiło mnie, abym zareagował przed tym kawałkiem śmieci. Dziecko powinno zostać uwolnione.

Delikatnie, odepchnąłem chłopca od brutalnego, a następnie zacząłem bić mężczyznę. Drań zareagował i zadał mi kilka ciosów. Jeden z nich uderzył mnie punkt puste. Świat obrócił się i silny, przenikliwy wiatr najechał całą moją istotę: Białe i niebieskie chmury wraz z szybkimi ptakami najechały mój umysł. Za chwilę wydawało się, że całe moje ciało unosi się po niebie. Słaby głos zadzwonił do mnie z daleka. W innej chwili było tak, jakbym przechodził przez drzwi, jeden po drugim jako przeszkody. Drzwi były dobrze zamknięte i trzeba było wiele wysiłku, aby je otworzyć. Każde drzwi dawały dostęp do salonów lub sanktuariów na przemian. W pierwszym salonie znalazłem młodych ludzi ubranych na biało, zgromadzonych wokół stołu, na którym w środku była otwarta Biblia. Były to dziewice wybrane do panowania w przyszłym świecie. Siła wypchnęła mnie z pokoju, a kiedy otworzyłem drugie drzwi, znalazłem się w pierwszym sanktuarium. Na skraju ołtarza palono kadzidła z prośbami ubogich Brazylii. Po prawej stronie ksiądz modlił się głośno i nagle zaczął powtarzać: Widzący! Widzący! Widzący! Obok niego były dwie kobiety z białymi koszulami. Na nich napisano: Możliwe marzenie. Wszystko zaczęło się zaciemniać, a kiedy dostałem łożyska, zostałem gwałtownie wyciągnięty i z taką prędkością, że zostawił mi trochę zawrotów głowy. Otworzyłem trzecie drzwi i tym razem znalazłem spotkanie ludzi: pastora, kapłana, buddystę, muzułmanina, spirytualistę, Żyda i przedstawiciela religii afrykańskich. Były one ułożone w kółko, a w centrum był ogień, a jego płomienie nakreśliły nazwę: "Unia narodów i drogi do Boga". W końcu przyjęli i wezwali mnie do grupy. Ogień przeniósł się z centrum, wylądował na mojej ręce i narysował słowo "staż". Ogień był czystym światłem i nie płonął. Grupa się rozpadła, ogień zgasł i znowu zostałem wypchnięty z pokoju, w którym otworzyłem czwarte drzwi. Drugie sanktuarium było całkowicie puste i podszedłem do ołtarza. Uklęknąłem z szacunkiem dla Najświętszego Sakramentu, wziąłem papier, który był na podłodze i napisałem moją prośbę. Złożyłem papier i położyłem go u stóp obrazu. Głos, który był daleko stopniowo stał się bardziej wyraźny i ostry. Wyszedłem z sanktuarium, otworzyłem drzwi i w końcu się obudziłem. U mojego boku był strażnik góry.

— Tak, jesteś obudzony. Gratulacje! Wygrałeś wyzwanie. Drugim wyzwaniem było zbadanie możliwości siebie i działania. Dwie ścieżki, które reprezentowały "Przeciwstawne strony", stały się jedną, a to oznacza, że musisz podróżować po prawej stronie, nie zapominając o wiedzy, którą będziesz miał po spotkaniu z lewicą. Twoja postawa uratowała dziecko pomimo faktu, że nie potrzebowało go. Cała ta scena była moją własną projekcją mentalną, aby cię ocenić. Przyjęliście właściwe podejście. Większość ludzi w obliczu scen niesprawiedliwości woli nie ingerować. Zaniechanie jest poważnym grzechem, a osoba staje się wspólnikiem sprawcy. Dałeś z siebie tak jak Jezus Chrystus dla nas. Jest to lekcja, którą zabierzesz ze sobą przez całe życie.

— Dziękuję za gratulacje. Zawsze działałbym na rzecz tych, którzy zostali wykluczeni. To, co mnie zadziwia, to duchowe doświadczenie, które miałem wcześniej. Co to oznacza? Czy mógłbyś mi wytłumaczyć, proszę?

— Wszyscy mamy zdolność przenikania innych światów przez myśl. To jest to, co nazywa się astralne podróży. W tej sprawie jest kilku ekspertów. To, co widziałeś, musi być związane z przyszłością twojej lub innej osoby, nigdy nie wiadomo.

— Rozumiem. Wspiąłem się na górę, ukończyłem dwa pierwsze wyzwania i muszę się rozwijać duchowo. Myślę, że wkrótce będę gotowy zmierzyć się z jaskinią rozpaczy. Jaskinia, która dokonuje cudów i sprawia, że marzenia są głębsze.

— Musisz wykonać trzeci, a ja powiem ci, co to jest jutro. Poczekaj na instrukcje.

— Tak, ogólne. Będę czekać z niepokojem. To Dziecko Boże, jak mnie nazywałeś, jest bardzo głodne i przygotuje zupę na później. Jesteś zaproszony, ma'am.

— Cudownie. Uwielbiam zupę. Wykorzystam to na moją korzyść, aby lepiej cię poznać.

Dziwna pani odeszła i zostawiła mnie w spokoju z moimi myślami. Poszedłem szukać w lesie składników do zupy.

Młoda dziewczyna

Góra stała się już ciemna, gdy zupa była gotowa. Zimny wiatr nocy i odgłos owadów, że środowisko coraz bardziej wiejskich. Dziwna pani jeszcze nie przyszła do chaty. Mam nadzieję, że wszystko będzie w porządku do czasu jej przybycia. Skosztuję zupy: To było naprawdę dobre, chociaż nie miałem wszystkich niezbędnych przypraw. I wyjść z chaty na chwilę i kontemplować niebiosa: Gwiazdy są świadkami moich wysiłków. Poszedłem na górę, znalazłem jej opiekuna, ukończyłem dwa wyzwania (jedno trudniejsze od drugiego), spotkałem ducha i nadal stoję. "Biedni bardziej dążą do swoich marzeń." Patrzę na układ gwiazd i ich jasność. Każdy z nich ma swoje znaczenie w wielkim wszechświecie, w którym żyjemy. Ludzie są również ważni w ten sam sposób. Są białe, czarne, bogate, ubogie, religii A, lub religii B, lub jakiegokolwiek systemu przekonań. Wszystkie są dziećmi z tym samym ojcem. Chcę również zająć moje miejsce w tym wszechświecie. Myślę, że jestem bez ograniczeń. Myślę, że sen jest bezcenny, ale jestem gotów za to zapłacić, aby wejść do jaskini rozpaczy. Kontempluję niebiosa jeszcze raz, a następnie wracam do chaty. Nie byłem zaskoczony, aby znaleźć tam opiekuna.

— Czy byłeś tu długo? Nie zdawałem sobie sprawy.

— Byłeś tak skoncentrowany w kontemplacji nieba, że nie chciałem złamać czaru chwili. Poza tym czuję się jak w domu.

— Bardzo dobrze. Usiądź na tej improwizowanej ławce, którą zrobiłem. Posługuję zupę.

Z zupą jeszcze gorącą, służyłem dziwnej pani w tkwij, którą znalazłem w lesie. Wiatr biczowanie w nocy pieścił moją twarz i szepnął słowa w uchu. Kim była ta dziwna pani, której służyłem? Zastanawiam się, czy ona naprawdę chciała mnie zniszczyć, jak duch zasugerował. Miałem wiele wątpliwości co do niej i była to świetna okazja, aby je wyczyścić.

— Czy zupa jest dobra? Przygotowałem go z wielką starannością.

— To wspaniałe! Co użyłeś do jego przygotowania?

— Jest wykonana z kamieni. To tylko żart! Kupiłem ptaka od myśliwego i użyłem naturalnych przypraw z lasu. Ale, zmieniając temat, kim jesteś naprawdę?

— To pokazuje dobrą gościnność dla gospodarza, aby najpierw porozmawiać o sobie. Minęły cztery dni od przybycia tutaj na szczycie góry i nie jestem nawet pewien, jak się nazywasz.

— Bardzo dobrze. Ale to długa historia. Przygotuj. Nazywam się Aldivan Teixeira Tôrres i uczę matematyki na poziomie college'u. Moje dwie wielkie pasje to literatura i matematyka. Zawsze byłem miłośnikiem książek i odkąd byłem bardzo mały, chciałem napisać jedną z moich własnych. Kiedy byłem w moim pierwszym roku szkoły średniej zebrałem kilka fragmentów z ksiąg Koheleta, mądrości i przysłowia. Byłem bardzo szczęśliwy, mimo że teksty nie są moje. Pokazałem wszystkim, z wielką dumą. Skończyłem szkołę średnią, wziąłem kurs komputerowy i przestałem studiować na chwilę. Potem próbowałem kursu technicznego w miejscowym college'u. Zdałem sobie jednak sprawę, że to nie moja pole jest znakiem losu. Byłem przygotowany na staż w tej dziedzinie. Jednak dzień przed testem dziwna siła wymagała ode mnie ciągłego poddawania się. Im więcej czasu minęło, tym większa presja odczuwałam z tej siły, dopóki nie zdecydowałem się nie zdać egzaminu. Ciśnienie ustąpiło, a moje serce również się uspokoiło. Myślę, że to los sprawił, że nie odeszłom. Musimy szanować własne granice. Złożyłem szereg ofert, zostałem zatwierdzony i obecnie pełnię funkcję asystenta administracyjnego w edukacji. Trzy lata temu otrzymałem kolejny znak losu. Miałem pewne problemy i skończyło się na załamaniu nerwowym. Zacząłem wtedy pisać i w krótkim czasie pomogło mi to poprawić. Rezultatem była książka "Wizja medium", której jeszcze nie opublikowałem. Wszystko to pokazało mi, że potrafię pisać i mieć godny zawód. To jest to, co myślę: chcę pracować robiąc to, co lubię i chcę być szczęśliwy. Czy to zbyt wiele dla ubogich, aby zapytać?

— Oczywiście, że nie, Aldivan. Masz talent i to jest rzadkością na tym świecie. We właściwym czasie odniesiesz sukces. Zwycięskie są ci, którzy wierzą w swoje marzenia.

— Wierzę. Dlatego jestem tu w środku nigdzie, gdzie towary cywilizacji jeszcze nie dotarły. Znalazłem sposób, aby wspiąć się na górę, aby przezwyciężyć wyzwania. Jedyne, co mi teraz pozostało, to wejść do jaskini i zrealizować swoje marzenia.

— Jestem tutaj, aby ci pomóc. Byłem strażnikiem góry odkąd stała się święta. Moją misją jest pomóc wszystkim marzycieli poszukujących jaskini rozpaczy. Niektórzy starają się, aby marzenia materialne się spełniły, takie jak pieniądze, władza, ostentacja społeczna lub inne egoistyczne marzenia. Wszystkie zawiodły do tej pory, a nie było ich niewielu. Jaskinia jest uczciwa z udzielaniem życzeń.

Rozmowa trwała w żywy sposób przez jakiś czas. Stopniowo traciłem zainteresowanie nim, ponieważ dziwny głos wołał mnie z chaty. Za każdym razem, gdy ten głos do mnie dzwonił, czułem się zmuszony do wyjścia z ciekawości. Musiałem iść. Chciałem wiedzieć, co ten dziwny głos w moich myślach oznacza. Delikatnie pożegnałem się z kobietą i wyruszyłem w kierunku wskazanym głosem. Co mnie czeka? Kontynuujmy razem, czytelniku.

Noc była zimna, a natarczywy głos pozostał w mojej głowie. Między nami istniało coś w rodzaju dziwnego związku. Miałem już chodził kilka metrów poza chatą, ale wydawało się, że mile przez zmęczenie, że moje ciało było uczucie. Instrukcje, które psychicznie otrzymałem, prowadziły mnie w ciemności. Kontrolowała mnie mieszanka zmęczenia, strachu przed nieznanym i ciekawością. Czyj to dziwny głos? Czego chciała ze mną? Góra i jej tajemnice... Odkąd poznałem górę, nauczyłem się ją szanować. Strażnik i jej tajemnice, wyzwania, z którymi musiałem się zmierzyć, spotkanie z duchem; to wszystko stało się wyjątkowe. Nie był najwyższy na północnym wschodzie, a nawet najbardziej imponujący, ale był święty. Doprowadzały mnie mity o człowieku medycyny i moje marzenia. Chcę wygrać wszystkie wyzwania, wejść do jaskini i złożyć wniosek. Będę zmienionym człowiekiem. Nie będę już tylko ja, ale będę człowiekiem, który pokonał jaskinię i jej ogień. Dobrze pamiętam słowa strażnika, aby nie ufać zbytnio. Pamiętam słowa Jezusa, który powiedział:

- Kto we mnie wierzy, będzie miał życie wieczne.

Związane z tym ryzyko nie sprawi, że zaniechane moje marzenia. To właśnie z tą myślą jestem coraz bardziej wierny. Głos staje się silniejszy i silniejszy. Myślę, że dojeżdżam do celu. Z przodu widzę chatę. Głos każe mi tam pojechać.

Chata i jej rozświetlające ognisko znajdują się w przestronnym, płaskim miejscu. Młoda, wysoka, cienka dziewczyna z ciemnymi włosami grilluje rodzaj przekąski w ogniu.

— Tak, przybyłeś. Wiedziałem, że odpowiesz na moje wezwanie.

— Kim jesteś? Czego ode mnie chcesz?

— Jestem kolejnym marzycielem, który chce wejść do jaskini.

— Jakie szczególne uprawnienia macie do mnie zadzwonić swoim umysłem?

— To telepatia, głupie. Nie znasz go?

— Słyszałem o tym. Czy mógłbyś mnie nauczyć?

— Nauczysz się pewnego dnia, ale nie ode mnie. Powiedz mi, co przyniesie ci marzenie?

— Przede wszystkim nazywam się Aldivan. Wspiąłem się na górę w nadziei na znalezienie moich przeciwnych stron. Zdefiniują moje przeznaczenie. Kiedy ktoś jest w stanie kontrolować swoje przeciwne strony, będą mogli dokonywać cudów. To jest to, czego potrzebuję, aby spełnić moje marzenie o pracy w obszarze, który lubię i dzięki temu sprawię, że wiele dusz będzie marzyć. Chcę wejść do jaskini nie tylko dla mnie, ale dla całego wszechświata, który dostarczył mi tych darów. Będę miał swoje miejsce w świecie i w ten sposób będę szczęśliwy.

— Nazywam się Nadja. Jestem mieszkańcem brazylijskie wybrzeże. W mojej ziemi słyszałem mówić o tej cudownej górze i jej jaskini. Od razu zainteresowałem się podróżą tutaj, mimo że myślałem, że wszystko jest tylko legendą. Zebrałem swoje rzeczy, wyszedłem, przyjechałem do Mimoso i poszedłem w górę. Trafiłem jackpot. Teraz gdy tu jestem, pójdę do jaskini i spełnię moje życzenie. Będę wielką boginią, ozdobioną mocą i bogactwem. Wszyscy mi będą służyć. Twoje marzenie jest po prostu głupie. Po co pytać o trochę, czy możemy mieć świat?

— Mylisz się. Jaskinia nie dokonuje drobnych cudów. Nie uda ci się. Opiekun nie zezwala na wejście. Aby wejść do jaskini, musisz wygrać trzy wyzwania. Podbiłem już dwa etapy. Ile wygrałeś?

— Jak głupi, wyzwania i strażnicy. Jaskinia szanuje tylko najsilniejszych i najbardziej pewnych siebie. Jutro osiągnę moje pragnienia i nikt mnie nie powstrzyma, słyszysz?

— Wiesz najlepiej. Kiedy tego żałujesz, będzie za późno. Cóż, myślę, że pójdę. Potrzebuję odpoczynku, bo jest późno. Jeśli chodzi o was, nie mogę życzyć wam powodzenia w jaskini, ponieważ chcecie być lepsi od samego Boga. Kiedy ludzie osiągną ten punkt, niszczą się.

— Bzdury, wszystkie słowa. Nic nie sprawi, że wrócę do mojej decyzji.

Widząc, że była nieugięta, poddałem się, czując żal do niej. Jak ludzie mogą stać się tak małostkowy czasami? Człowiek jest godny tylko wtedy, gdy walczy o sprawiedliwe i egalitarne ideały. Idąc szlakiem, przypomniałem sobie czasy, w których byłem pokrzywdzony, czy to przez źle oznakowane badanie, czy nawet przez zaniedbanie innych. To sprawia, że jestem nieszczęśliwy. Poza tym moja rodzina jest całkowicie przeciwna mojemu marzeniu i nie wierzy we mnie. To boli. Pewnego dnia zobaczą rozum i zobaczą, że marzenia mogą być możliwe. Tego dnia, po tym wszystkim, co powiedziane i zrobione, zaśpiewam moje zwycięstwo i będę gloryfikować Stwórcę. Dał mi wszystko i wymagał ode mnie dzielenia się moimi darami, ponieważ, jak mówi Biblia, nie zapalaj lampy i nie umieszczaj jej pod stołem. Raczej umieścić go na górze dla wszystkich, aby oklaskiwać i być oświecony. Szlak pęka i od razu widzę chatę, która kosztowała mnie tyle potu do zbudowania. Muszę iść spać, bo jutro jest kolejny dzień i mam plany dla mnie i dla świata. Dobranoc, czytelnicy. Do następnego rozdziału...

Drżenie

Zaczyna się nowy dzień. Światło pojawia się, wiatr rano pieścić moje włosy, ptaki i owady mają uroczystości, a roślinność wydaje się odradzać. Zdarza się to każdego dnia. Pocieram oczy, myję twarz, myję zęby i kąpię się. To jest moja rutyna przed śniadaniem. Las nie oferuje ani korzyści, ani opcji. Nie jestem do tego przyzwyczajony. Moja mama rozpieszczała mnie do tego stopnia, że serwowała mi kawę. Jem moje śniadanie w ciszy, ale coś waży na mój umysł. Jakie będzie trzecie i ostatnie wyzwanie? Co stanie się ze mną w jaskini? Jest tak wiele pytań bez odpowiedzi to sprawia, że zawroty głowy. Poranek postępuje, a wraz z nim moje kołatanie serca, lęki i dreszcze. Kim byłem teraz? Na pewno nie to samo. Poszedłem na świętą górę w poszukiwaniu przeznaczenia, o czym nawet nie wiedziałem. Znalazłem strażnika i odkryłem nowe wartości i świat większy niż kiedykolwiek sobie wyobrażałem istniał. Wygrałem dwa wyzwania i teraz musiałem zmierzyć się dopiero z trzecim. Mrożące krew w żyłach trzecie wyzwanie, które było odległe i nieznane. Liście wokół chaty poruszają się coraz tak lekko. Nauczyłem się rozumieć naturę i jej sygnały. Ktoś się zbliża.

— Witam! Czy jesteś tam?

Skoczyłem, zmieniłem kierunek mojego spojrzenia i kontemplowałem tajemniczą postać strażnika. Wydaje się szczęśliwsza, a nawet różowa pomimo swojego pozornego wieku.

— Jestem tutaj, jak widać. Jakie wieści przyniosłeś dla mnie?

— Jak wiecie, dziś ogłaszam twoje trzecie i ostatnie wyzwanie. Odbędzie się ono w siódmym dniu tutaj, na górze, ponieważ jest to maksymalny czas, w którym śmiertelnik może tu pozostać. Jest to proste i składa się z następujących: Zabij pierwszego człowieka lub bestię, które napotkasz po opuszczeniu chaty tego samego dnia. W przeciwnym razie nie będziesz uprawniony do wejścia do jaskini, która daje ci najgłębsze pragnienia. Co mówisz? Czy to nie jest takie proste?

— Jak to? Zabić? Czy wyglądam jak zabójca?

— To jedyny sposób, aby wejść do jaskini. Przygotuj się, bo są tylko dwa dni i...

Trzęsienie ziemi o magnitudzie 3,7 w skali Richtera wstrząsa całym szczytem góry. Drżenie pozostawia mnie zawroty głowy i myślę, że mam zamiar zemdleć. Coraz więcej myśli przychodzi do głowy. Czuję, że moja siła wyczerpuje się i czuję kajdanki, które mocno zabezpieczają moje ręce i nogi. W mgnieniu oka widzę siebie jako niewolnika, pracującego w dziedzinach zdominowanych przez mistrzów. Widzę kajdany, krew i słyszę krzyki moich towarzyszy. Widzę bogactwo, dumę i zdradę pułkowników. Widzę też wołanie o wolność i sprawiedliwość dla uciśnionych. Och, jak świat jest niesprawiedliwy! Podczas gdy niektóre wygrać inni są pozostawione do zgnilizny, zapomniane. Kajdanki pękają. Jestem częściowo wolny. Nadal jestem dyskryminowany, znienawidzony i skrzywdzony. Nadal widzę zło białych ludzi, którzy nazywają mnie "czarnuchem". Nadal czuję się gorszy. Znowu słyszę krzyki krzyku, ale teraz głos jest jasny, ostry i znany. Drżenie znika i stopniowo odzyskuję przytomność. Ktoś mnie podnosi. Jeszcze trochę wozy, wykrzykuję:

— Co się stało?

Strażnik, ze łzami w oczach, nie może znaleźć odpowiedzi.

— Mój synu, jaskinia właśnie zniszczyła inną duszę. Proszę wygrać trzecie wyzwanie i pokonać tę klątwę. Wszechświat spiskuje o twoje zwycięstwo.

— Nie wiem, jak wygrać. Tylko światło stwórcy może oświetlić moje myśli i moje czyny. Gwarantuję: nie zamierzam łatwo zrezygnować z marzeń.

— Ufam wam i edukacji, którą otrzymaliście. Powodzenia, Dzieciątko Boże! Do zobaczenia wkrótce!

Mimo to dziwna pani odeszła i została rozpuszczona w kłębie dymu. Teraz byłem sam i musiałem przygotować się do ostatecznego wyzwania.

Dzień przed ostatnim wyzwaniem

Minęło sześć dni, odkąd poszedłem na górę. Ten cały czas wyzwań i doświadczeń sprawił, że bardzo się rozwijam. Łatwiej rozumiem naturę, siebie i innych. Natura maszeruje do własnego rytmu i sprzeciwia się pretensjom ludzi. Wylesiamy lasy, zanieczyszczamy wody i uwalniamy gazy do atmosfery. Co z tego wyjdziemy? Co naprawdę jest dla nas ważne, pieniądze lub nasze własne przetrwanie? Konsekwencje są następujące: globalne ocieplenie, redukcja flory i fauny, klęski żywiołowe. Czy człowiek nie widzi, że to wszystko jego wina? Jest jeszcze czas. Jest czas na życie. Wykonuj swoją część: Oszczędzaj wodę i energię, poddaj recyklingowi odpady, nie zanieczyszczaj środowiska. Wymagaj od rządu, aby zobowiązał się do kwestii środowiskowych. To najmniej, co możemy zrobić dla siebie i dla świata. Wracając do mojej przygody, kiedy poszedłem na górę, lepiej zrozumiałem moje życzenia i moje granice. Zrozumiałem, że marzenia są możliwe tylko tak długo, jak są szlachetne i prawe. Jaskinia jest uczciwa i jeśli wygram trzecie wyzwanie, to spełni moje marzenie. Kiedy wygrałem pierwsze i drugie wyzwania, lepiej zrozumiałem życzenia innych. Większość ludzi marzy o bogactwu, prestiżu społecznym i wysokim poziomie dowodzenia. Nie widzą już tego, co jest najlepsze w życiu: sukces zawodowy, miłość i szczęście. To, co sprawia, że człowiek jest naprawdę wyjątkowy, to jego cechy, które świecą w jego pracy. Władza, bogactwo i ostentacja społeczna nie uszczęśliwiają nikogo. Oto, czego szukam w świętej górze: Szczęście i całkowita domena "przeciwstawnych sił". Muszę wyjść na chwilę. Krok po kroku, moje stopy prowadzą mnie poza chatę, którą zbudowałem. Mam nadzieję na znak przeznaczenia.

Słońce nagrzewa się, wiatr staje się silniejszy i nie pojawia się żaden znak. Jak wygram trzecie wyzwanie? Jak będę żyć z porażką, jeśli nie jestem w stanie spełnić mojego marzenia? Staram się przenieść negatywne myśli z mojego umysłu, ale strach jest silniejszy. Kim byłem przed wspinaczką na górę? Młody człowiek, całkowicie niepewny, boi się zmierzyć ze światem i jego ludźmi. Młody człowiek, który pewnego dnia walczył w sądzie o swoje prawa, ale nie zostały one przyznane. Przyszłość pokazała mi, że to było najlepsze. Czasami wygrywamy przegrywając. Życie mnie tego nauczyło. Niektóre ptaki pisk wokół mnie. Wydaje się, że rozumieją moje obawy. Jutro będzie nowy dzień, siódmy na szczycie góry. Moje przeznaczenie jest zagrożone tym trzecim wyzwaniem. Módlcie się, czytelnicy, abym mógł wygrać.

Trzecie wyzwanie.

Pojawi się nowy dzień. Temperatura jest przyjemna, a niebo niebieskie w całej swojej ogromie. Leniwie, wstaję pocierając senne oczy. Nadszedł wielki dzień i jestem na to przygotowany. Zanim cokolwiek, muszę przygotować śniadanie. Ze składnikami, które udało mi się znaleźć dzień wcześniej, nie będzie tak rzadkie. Przygotowuję patelnię i zaczynam pękać, aby otworzyć apetyczne jaja kurze. Tłuszcz rozpryskuje się i prawie uderza w moje oko. Ile razy w życiu, inni wydają się zranić nas z ich niepokoje. Jem śniadanie, trochę odpoczywam i przygotowuję strategię. Trzecie wyzwanie wydaje się łatwe. Zabijanie dla mnie jest nie do pomyślenia. Cóż, mimo to będę musiał się z tym zmierzyć. Dzięki tej rezolucji zaczynam chodzić i wkrótce wyjdę z chaty. Rozpoczyna się tu trzecie wyzwanie i się do niego przygotowuję. Biorę pierwszy szlak i zaczynam chodzić. Drzewa przy drodze ścieżki są szerokie z głębokimi korzeniami. Czego naprawdę szukam? Sukces, zwycięstwo i osiągnięcia. Nie zrobię jednak niczego, co byłoby sprzeczne z moimi zasadami. Moja reputacja idzie przed sławą, sukcesem i mocą. Trzecim wyzwaniem jest dla mnie przeszkadzanie. Zabijanie jest dla mnie przestępstwem, nawet jeśli jest to tylko zwierzę. Z drugiej strony, chcę wejść do jaskini i złożyć wniosek. Reprezentuje to dwie "przeciwstawne siły" lub "przeciwstawne ścieżki".

Pozostaję na szlaku i modlę się, abym niczego nie znalazł. Kto wie, może trzecie wyzwanie zostanie odrzucone. Nie sądzę, że opiekun byłby tak hojny. Zasady muszą być przestrzegane przez wszystkich. Zatrzymam się trochę i nie mogę uwierzyć w scenę, którą widzę: ocelot i jego trzy młode, frolicking wokół mnie. To wszystko. Nie zabiję matki trzech młodych. Nie mam serca. Żegnaj sukces, żegnaj jaskini rozpaczy. Dość marzeń. Nie ukończyłem trzeciego wyzwania i odchodzę. Wrócę do mojego domu i do moich bliskich. Pośpiesznie wracam do kabiny, aby spakować moje torby. Nie ukończyłem trzeciego wyzwania.

Kabina jest zburzona. Jakie jest znaczenie tego wszystkiego? Ręka lekko dotyka mojego ramienia. Patrzę wstecz i widzę strażnika.

— Moje gratulacje, kochanie! Spełniliście to wyzwanie i teraz macie prawo wejść do jaskini rozpaczy. Wygrałeś!

Silny uścisk, który mi naciągnęła, sprawił, że była jeszcze bardziej zdezorientowana. Co mówiła ta kobieta? Moje marzenie i jaskinię można było znaleźć po wszystkim? Nie wierzyłem w to.

— Co masz na myśli? Nie ukończyłem trzeciego wyzwania. Spójrz na moje ręce: Są czyste. Nie będę plamił mojego imienia krwią.

— Nie wiesz? Czy uważasz, że dziecko Boże byłoby zdolne do takiego okrucieństwa, jak to, o co prosiłem? Nie mam wątpliwości, że jesteś na tyle godny, aby zrealizować swoje marzenia, choć może upłynąć trochę czasu, aby stać się rzeczywistością. Trzecie wyzwanie dokładnie was oceniło i wykazałeś bezwarunkową miłość do istot Bożych. To jest najważniejsza rzecz dla człowieka. I jeszcze jedno: tylko czyste serce przetrwa jaskinię. Utrzymuj swoje serce i myśli czyste, aby go przezwyciężyć.

— Dziękuję, Boże! Dziękuję, życie, za tę szansę. Obiecuję, że was nie zawiodę.

Emocje chwyciły mnie, jak nigdy przed wspiąłem się na górę. Czy jaskinia była naprawdę zdolna do dokonywania cudów? Miałem się dowiedzieć.

Jaskinia Rozpaczy

Po wygraniu trzeciego wyzwania byłem gotowy wejść do straszliwej jaskini rozpaczy, jaskini, która realizuje niemożliwe marzenia. Byłem kolejnym marzycielem, który miał zamiar spróbować szczęścia. Odkąd poszedłem na górę, nie byłem już taki sam. Teraz byłem pewny siebie i wspaniałego wszechświata, który mnie trzymał. Poprzedni uścisk, że dziwna kobieta dała mi również zostawił mnie bardziej zrelaksowany. Teraz była tam u mojego boku, wspierając mnie pod każdym względem. To było wsparcie, które nigdy nie otrzymałem od moich bliskich. Moja nierozerwalna walizka jest pod moim ramieniem. Nadszedł czas, abym pożegnał się z tą górą i jej tajemnicami. Wyzwania, strażnik, duch, młoda dziewczyna i sama góra, która wydawała się żywa, wszystkie pomogły mi się rozwijać. Byłem gotowy do opuszczenia i zmierzyć się z bał jaskini. Opiekun jest przy mnie i będzie mi towarzyszył w tej podróży do wejścia do jaskini. Wyjeżdżamy, ponieważ słońce już schodzi w kierunku horyzontu. Nasze plany są w całkowitej harmonii. Roślinność wokół szlaku, który przebyliśmy i hałas zwierząt sprawia, że środowisko jest bardzo wiejskie. Milczenie strażnika podczas całego kursu zdaje się przepowiadać niebezpieczeństwa, które otacza jaskinia. Zatrzymujemy się trochę. Głosy góry zdają się chcieć mi coś powiedzieć. Skorzystam z okazji, aby przerwać milczenie.

— Czy mogę o coś zapytać? Jakie są te głosy, które dręczą mnie tak bardzo?

— Słychać głosy. Ciekawe. Święta góra ma magiczną zdolność do zjednoczenia wszystkich marzących serc. Jesteś w stanie poczuć te magiczne wibracje i je interpretować. Jednak nie zwracaj na nie większej uwagi, ponieważ mogą one prowadzić do porażki. Spróbuj skupić się na własnych myślach, a ich aktywność będzie mniejsza. Ostrożnie. Jaskinia jest w stanie wykryć swoje słabości i wykorzystać je przeciwko tobie.

— Obiecuję zadbać o siebie. Nie wiem, co mnie czeka w jaskini, ale wierzę, że oświetlające duchy mi pomogą. Stawką jest moje przeznaczenie i do pewnego stopnia także los reszty świata.

— W porządku, wypoczęliśmy wystarczająco dużo. Kontynuujmy chodzenie, ponieważ nie będzie długo do zachodu słońca. Jaskinia powinna być około ćwierć mili stąd.

Huk kroków zostaje wznowiony. Ćwierć mili oddzieliła moje marzenie od jego realizacji. Jesteśmy po zachodniej stronie szczytu góry, gdzie wiatry są coraz silniejsze. Góra i jej tajemnice... Myślę, że nigdy nie dowie się tego w pełni. Co zmotywowało mnie do wspinaczki? Obietnica niemożliwego stawania się i mojego poszukiwacza przygód i instynktów zwiadowczych. W rzeczywistości to, co było możliwe i codzienna rutyna, zabijały mnie. Teraz czułem się żywy i gotowy do pokonywania wyzwań. Zbliża się jaskinia. Już widzę jego wejście. Wydaje się narzucające, ale nie jestem zniechęcony. Wiele myśli atakuje całą moją istotę. Muszę kontrolować nerwy. Mogli mnie zdradzić na czas. Strażnik sygnalizuje, aby zatrzymać. Jestem posłuszny.

— To jest najbliższy, że mogę dostać się do jaskini. Słuchajcie dobrze tego, co powiem, bo nie będę tego powtarzał: Przed wejściem módlcie się z Ojcem nasz za waszego anioła stróża. Ochroni cię przed niebezpieczeństwami. Po wejściu należy zachować ostrożność, aby nie wpaść w pułapki. Po przejeździe głównym chodnikiem jaskini, przez pewien czas, napotkasz trzy opcje: szczęście, porażka i strach. Wybierz szczęście. Jeśli wybierzesz porażkę, pozostaniesz biednym szaleńcem, który kiedyś marzył. Jeśli zdecydujesz się na strach, całkowicie się stracisz. Szczęście daje dostęp do dwóch kolejnych scenariuszy, które są mi nieznane. Pamiętaj: Tylko czyste serce może przetrwać jaskinię. Bądź mądry i spełnij swoje marzenie.

— Rozumiem. Nadszedł moment, na który czekałem odkąd poszedłem na górę. Dziękuję, strażniku, za waszą cierpliwość i gorliwość ze mną. Nigdy nie zapomnę cię ani chwil, które spędziliśmy razem.

Udręka chwyciła mnie za serce, gdy się z nią żegnałam. Teraz to tylko ja i jaskinia, pojedynek, który zmieniłby historię świata, a także moją. Patrzę na to dobrze i dostaję latarkę z walizki, aby oświetlić ścieżkę. Jestem gotowy, aby wejść. Moje nogi wydają się zamrożone przed tym olbrzymem. Muszę zebrać siły, aby kontynuować na ścieżce. Jestem Brazylijczykiem i nigdy się nie poddaję. Stawiam pierwsze kroki i mam lekkie poczucie, że ktoś mi towarzyszy. Myślę, że jestem bardzo wyjątkowy dla Boga. Traktuje mnie tak, jakbym był jego synem. Moje kroki zaczynają przyspieszać i w końcu wchodzę do jaskini. Początkowa fascynacja jest przytłaczająca, ale muszę być ostrożny ze względu na pułapki. Wilgotność powietrza jest wysoka, a zimna intensywna. Stalaktyty i stalagmity wypełniają się praktycznie wszędzie wokół mnie. Poszedłem około pięćdziesięciu metrów i dreszcze zaczynają dawać mi gęsią skórkę na całym ciele. Wszystko, przez co przeszedłem przed wspinaczką na górę, zaczyna mi przychodzić: upokorzenia, niesprawiedliwości i zazdrość innych. Wydaje się, że każdy z moich wrogów jest w tej jaskini czeka na najlepszy czas, aby mnie zaatakować. Efektownym skokiem pokonałem pierwszą pułapkę. Pożar jaskini prawie mnie pochłonął. Nadja nie miała tyle szczęścia. Trzymając się stalaktytu z sufitu, który cudem zniósł moją wagę, udało mi się przetrwać. Muszę zejść i kontynuować podróż w kierunku nieznanego. Moje kroki przyspieszają, ale ostrożnie. Większość ludzi jest w pośpiechu, w pośpiechu, aby wygrać, lub do realizacji celów. Fantastyczna zwinność właśnie uratowała mnie od drugiej pułapki. Niezliczone włócznie były falował w moją stronę. Jeden z nich zbliżył się do zarysowania mojej twarzy. Jaskinia chce mnie zniszczyć. Od teraz muszę być bardziej ostrożny. Minęło około godziny, odkąd wszedłem do jaskini i nadal nie doszedłem do punktu, o którym mówił strażnik. Powinienem być blisko. Moje kroki są kontynuowane, przyspieszone, a moje serce daje znak ostrzegawczy. Czasami nie zwracamy uwagi na znaki, które daje nasz organizm. Wtedy zdarza się porażka i rozczarowanie. Na szczęście nie jest to dla mnie. Słyszę bardzo głośny hałas dochodzący w moim kierunku. Zaczynam biegać. Za kilka chwil zdaję sobie sprawę, że jestem ścigany przez gigantyczny kamień upadek z wielką prędkością. Biegnę przez chwilę i z nagłym ruchem jestem w stanie uciec od skały, znajdując schronienie na boku jaskini. Kiedy kamień przechodzi, przednia część jaskini jest zamknięta, a następnie tuż przed trzema drzwiami. Stanowią szczęście, porażkę i strach. Jeśli wybiorę porażkę, nigdy nie będę niczym innym jak biednym szaleńcem, który pewnego dnia marzył o zostaniu pisarzem. Ludzie będą się na mnie litości. Jeśli wybiorę strach, nigdy nie będę się rozwijać ani być znany światu. Mogłem uderzyć w dno skalne i stracić się na zawsze. Jeśli wybiorę szczęście, będę kontynuował swoje marzenie i przejdę do drugiego scenariusza.

Dostępne są trzy opcje: drzwi po prawej stronie, po lewej i jedna w środku. Każda z nich reprezentuje jedną z opcji: szczęście, porażkę lub strach. Muszę dokonać właściwego wyboru. Nauczyłem się z czasem przezwyciężyć moje lęki: strach przed ciemnością, strach przed samotności i strach przed nieznanym. Nie boję się też sukcesu ani przyszłości. Strach musi reprezentować drzwi po prawej stronie. Awaria jest wynikiem złego planowania. Zawiodłem się kilka razy, ale to nie sprawiło, że zrezygnowałem z moich celów. Porażka powinna służyć jako lekcja późniejszego zwycięstwa. Awaria musi reprezentować drzwi po lewej stronie. Wreszcie, środkowe drzwi muszą reprezentować szczęście, ponieważ prawi nie zwracają się ani w prawo, ani w lewo. Sprawiedliwość jest zawsze szczęśliwa. Zbieram siły i wybieram drzwi w środku. Po otwarciu mam duży dostęp do salonu i na dachu, jest napisane imię Szczęście. W centrum jest klucz, który daje dostęp do innych drzwi. Naprawdę miałem rację. Spełniłem pierwszy krok. To pozostawia mnie jeszcze dwa. Dostaję klucz i próbuję go w drzwiach. Pasuje idealnie. Otwieram drzwi. To daje mi dostęp do nowej galerii. Zaczynam go schodzić. Mnóstwo myśli zalewa mój umysł: Jakie będą nowe pułapki, z którymi muszę się zmierzyć? Do jakiego scenariusza doprowadzi mnie ta galeria? Istnieje wiele pytań bez odpowiedzi. Nadal chodzę, a mój oddech staje się napięty, ponieważ powietrze jest coraz bardziej rzadkie. Poszedłem już około jednej dziesiątej mili i muszę pozostać uważny. Słyszę hałas i upada na ziemię, aby się chronić. To hałas małych nietoperzy, które strzelają wokół mnie. Czy ssać moją krew? Czy są mięsożercami? Na szczęście dla mnie znikają w ogromie galerii. Widzę twarz i moje ciało drży Czy to duch? Nie. To jest ciało i krew i nadchodzi na mnie, gotowy do walki. Jest to jeden z kapłanów ninja jaskini. Rozpoczyna się walka. Jest bardzo szybki i próbuje mnie uderzyć w kluczowe miejsce. Staram się uciec od jego ataków. Walczę z niektórych ruchów nauczyłem się oglądać filmy. Strategia działa. To go przeraża, a on cofa się trochę. On kontratakuje ze swoimi sztukami walki, ale jestem na to przygotowany. Uderzyłem go w głowę kamieniem, który podniosłem w jaskini. Spada nieprzytomny. Jestem całkowicie przeciwny przemocy, ale w tym przypadku było to absolutnie konieczne. Chciałbym przejść do drugiego scenariusza i odkryć tajemnice jaskini. Zaczynam chodzić ponownie i pozostaję uważny i chronię się przed nowymi pułapkami. Przy niskiej wilgotności wieje wiatr i czuję się bardziej komfortowo. Czuję prądy pozytywnych myśli wysłanych przez Guardian. Jaskinia jeszcze bardziej ciemnieje, przekształcając się. Wirtualny labirynt pokazuje się prosto. Kolejna z pułapek jaskini. Wejście do labiryntu jest doskonale widoczne. Ale gdzie jest wyjście? Jak wejść i nie zgubić? Mam tylko jedną opcję: Przejdź przez labirynt i podejmij ryzyko. Buduję odwagę i zaczynam stawiać pierwsze kroki w kierunku wejścia do labiryntu. Módlcie się, czytelniku, że znajdę wyjście. Nie mam na myśli żadnej strategii. Myślę, że powinienem wykorzystać swoją wiedzę, aby wydostać mnie z tego bałaganu. Z odwagą i wiarą zagłębiam się w labirynt. Wydaje się bardziej mylące od wewnątrz niż na zewnątrz. Jego ściany są szerokie i obracają się w zygzakach. Zaczynam wspominać chwile w życiu, w których zagubiłem się jak w labiryncie. Śmierć mojego ojca, tak młodego, była prawdziwym ciosem w moim życiu.

Czas, który spędziłem bez pracy i nie studiując również czuję się zagubiony, jakby w labiryncie. Teraz byłem w tej samej sytuacji. Ciągle chodzę i wydaje się, że nie ma końca labiryntu. Czy kiedykolwiek czułeś się zdesperowany? Tak się czułem, całkowicie zdesperowany. Dlatego ma nazwę jaskini rozpaczy. Zbieram ostatnią siłę i wstaję. Muszę znaleźć wyjście za wszelką cenę. Ostatni pomysł uderza mnie; Patrzę do sufitu i widzę wiele nietoperzy. Szatę za jednym z nich. Nazwałbym go "czarodziejem". Czarodziej byłby w stanie podbić labirynt. To jest to, czego potrzebuję. Nietoperz leci z dużą prędkością i muszę nadążać za nim. Dobrze, że jestem sprawny fizycznie, prawie sportowiec. Widzę światło na końcu tunelu albo jeszcze lepiej, na końcu labiryntu. Jestem zbawiony.

Koniec labiryntu doprowadził mnie do dziwnej sceny w galerii jaskini. Pokój z lustrami. Chodzę ostrożnie z obawy przed złamaniem czegoś. Widzę moje odbicie w lustrze. Kim jestem teraz? Biedny młody marzyciel o odkryciu swojego przeznaczenia. Wyglądam na szczególnie zmartwionego. Co to wszystko oznacza? Ściany, sufit, podłoga wszystko składa się ze szkła. Dotykam powierzchni lustra. Materiał jest tak kruchy, ale wiernie odzwierciedla aspekt samego siebie. W jednej chwili pojawiają się wyraźne obrazy w trzech lustrach, dziecko, młoda osoba trzymająca trumnę i starzec. Wszyscy oni są mną. Czy jest to wizja? Naprawdę, mam dzieci podobne aspekty, takie jak czystość, niewinność i wiara w ludzi. Nie sądzę, że chcę pozbyć się tych cech. Piętnastoletni młody człowiek stanowi bolesny etap w moim życiu: utrata mojego ojca. Pomimo sztywnych i na uboczu, był moim ojcem. Wciąż pamiętam go z nostalgią. Starszy mężczyzna reprezentuje moją przyszłość. Jak będzie? Czy odniosą sukces? Żonaty, samotny, a nawet owdowiały? Nie chcę być zbuntowanym ani zranić starca. Dość tych obrazów. Mój prezent jest teraz. Jestem młodym człowiekiem dwudziestu sześciu, z dyplomem z matematyki, pisarzem. Nie jestem już dzieckiem ani piętnastolatkiem, który stracił ojca. Ja też nie jestem starym człowiekiem. Mam przed sobą swoją przyszłość i chcę być szczęśliwy. Nie jestem żadnym z tych trzech obrazów. Jestem sobą. Z uderzeniem, trzy lustra, w których osoby pojawiły się przerwy i drzwi pojawiają się. To moje wejście w trzeci i ostatni scenariusz.

Otwieram drzwi, które dają dostęp do nowej galerii. Co czeka mnie w trzecim scenariuszu? Razem kontynuujmy, czytelniku. Zaczynam chodzić, a moje serce przyspiesza tak, jakbym był jeszcze w pierwszej scenie. Pokonałem wiele wyzwań i pułapek i już uważam się za zwycięzcę. W moim umyśle szukam wspomnień z przeszłości, kiedy grałem w małych jaskiniach. Teraz sytuacja jest zupełnie inna. Jaskinia jest ogromna i pełna pułapek. Moja latarka jest prawie martwa. I nadal chodzić i prosto wyłania się nowa pułapka: Dwa drzwi. "Przeciwstawne siły" krzyczą we mnie. Konieczne jest dokonanie nowego wyboru. Jedno z wyzwań przychodzi mi na myśl i pamiętam, jak miałem odwagę go przezwyciężyć. Wybrałem ścieżkę po prawej stronie. Sytuacja jest jednak inna, ponieważ jestem w ciemnej, wilgotnej jaskini. Dokonałem wyboru, ale także zaczynam pamiętać słowa strażnika, który mówił o nauce. Muszę poznać te dwie siły, aby mieć nad nimi całkowitą kontrolę. Wybieram drzwi po lewej stronie. Otwieram go powoli; obawiając się tego, co może się ukrywać. Kiedy ją otwieram, kontempluję wizję: jestem w sanktuarium, wypełnionym obrazami świętych z kielichem na ołtarzu. Czy może to Być Święty Graal, zagubiony kielich Chrystusa, który daje wieczną młodość tym, którzy z niego piją? Moje nogi drżą. Impulsywnie biegnę w kierunku kielicha i zaczynam z niego pić. Wino smakuje niebiańsko, bogów. Czuję zawroty głowy, świat się kręci, anioły śpiewają i na terenie jaskini dreszcz. Mam swoją pierwszą wizję: widzę Żyda o imieniu Jezus, wraz ze swoimi apostołami, uzdrawiając, uwalniając i ucząc swoich ludzi nowych perspektyw. Widzę całą trajektorię jego cudów i jego miłości. Widzę też zdradę Judasza i diabła działającego za jego plecami. Wreszcie widzę Jego zmartwychwstanie i chwałę. Słyszę głos mówiący do mnie: Złóż prośbę. Rozbrzmiewając z radości wołam: Chcę zostać Widzącym!

Cud

Wkrótce po mojej prośbie sanktuarium drży, wypełnia się dymem i słyszę zmienione głosy. To, co ujawniają, jest całkowicie tajne. Mały ogień unosi się z kielicha i ląduje w mojej dłoni. Jego światło przenika i oświetla całą jaskinię. Ściany jaskini przekształcają się i ustępuj małym drzwiom, które się pojawiają. Otwiera się i silny wiatr zaczyna mnie do niego pchać. Wszystkie moje wysiłki przychodzą mi na myśl: Moje oddanie studiowaniu, sposób, w jaki doskonale przestrzegałem praw Boga, wznoszenie się na górę, wyzwania, a nawet to samo przejście do jaskini. Wszystko to przyniosło mi zadziwiający rozwój duchowy. Byłem teraz przygotowany, aby być szczęśliwym i spełnić swoje marzenia. Bardzo strasznliwa jaskinia rozpaczy zmusiła mnie do złożenia mojej prośby. Pamiętam również w tej wzniosłej chwili wszystkich tych, którzy przyczynili się do mojego zwycięstwa bezpośrednio lub pośrednio: moja nauczycielka szkoły podstawowej, pani Socorro, która nauczyła mnie czytania i pisania, moich nauczycieli życia, mojej szkoły i przyjaciół z pracy, mojej rodziny i opiekuna, którzy pomogli mi przezwyciężyć wyzwania i tę jaskinię. Silny wiatr ciągle pcha mnie w kierunku drzwi i wkrótce będę wewnątrz tajnej komory.

Siła, która mnie popchnęła, w końcu ustaje. Drzwi się zamykają. Jestem w bardzo dużej komorze, która jest wysoka i ciemna. Po prawej stronie znajduje się maska, świeca i Biblia. Po lewej stronie znajduje się peleryna, bilet i krucyfiks. W środku, wysoko, jest ciekawie wyglądający okrągły aparat wykonany z żelaza. Idę w kierunku prawej strony: zakładam maskę, chwycę świecę i otwieram Biblię na przypadkową stronę. Idę w kierunku lewej strony: kładę na pelerynie, piszę moje imię i alias na bilecie i zabezpieczam krucyfiks drugą ręką. Idę w kierunku centrum i ustawiam się dokładnie pod aparatem. Wymów sześć magicznych liter: Wróżka. Natychmiast urządzenie emituje okrąg światła i całkowicie mnie otacza. Czuję kadzidło, które jest spalane każdego dnia na pamiątkę wielkich marzycieli: Martina Luthera Kinga, Nelsona Mandeli, Matki Teresy, Franciszka z Asyżu i Jezusa Chrystusa. Moje ciało wibruje i zaczyna unosić się na wodzie. Moje zmysły zaczynają się budzić, a wraz z nimi jestem w stanie rozpoznać uczucia i intencje głębiej. Moje dary są wzmocnione, a wraz z nimi jestem w stanie dokonywać cudów w czasie i przestrzeni. Krąg zamyka się coraz bardziej, a każde poczucie winy, nietolerancji i strachu jest wymazane z mojego umysłu. Jestem prawie gotowy: sekwencja wizji zaczyna się pojawiać i mylić mnie. Wreszcie koło gaśnie. W jednej chwili otwiera się sekwencja drzwi i z moimi nowymi darami widzę, czuję i słyszę doskonale. Zaczynają pojawiać się krzyki bohaterów, które chcą się manifestować, pojawiają się różne czasy i miejsca, a ważne pytania zaczynają korozji mojego serca. Wyzwanie zostania jasnowidzem jest uruchamiany.

Wyjście z jaskini

Z wszystko, co zostało, wszystko, co pozostało teraz było dla mnie, aby opuścić jaskinię i zrobić moją prawdziwą podróż. Moje marzenie zostało spełnione, a teraz po prostu trzeba było go oddać do pracy. Zaczynam chodzić i z niewielką ilością czasu zostawiam za sobą tajną komnatę. Czuję, że żaden inny człowiek nigdy nie będzie miał przyjemności wejść do niego.

Jaskinia rozpaczy już nigdy nie będzie taka sama po tym, jak opuszczę zwycięską, pewną siebie i szczęśliwą. Wracam do trzeciego scenariusza: Obrazy świętych pozostają nienaruszone i wydają się zadowolone z mojego zwycięstwa. Kubek przewrócił się i jest suchy. Wino było pyszne. Spokojnie pracuję wokół trzeciego scenariusza i czuję atmosferę tego miejsca. To naprawdę jest tak święte, jak jaskinia i góra. Krzyczę z radości, a echo wytwarzane rozciąga się w całej jaskini. Świat nie będzie już taki sam po wróżka. Zatrzymuję się, myślę i kontempluję siebie pod każdym względem. Z ostatnim pocałunkiem pożegnalnym zostawiam trzeci scenariusz i wracam do tych samych drzwi po lewej stronie, które wybrałem. Droga Jasnoszewa nie będzie łatwa, ponieważ trudno będzie w pełni kontrolować przeciwstawne siły serca, a następnie uczyć tego innym. Droga po lewej stronie, która była moją opcją, reprezentuje wiedzę i ciągłe uczenie się, czy to z ukrytymi siłami, pokutą czy śmiercią. Spacer staje się wyczerpujący, ponieważ jaskinia jest rozległa, ciemna i bardzo wilgotna. Wyzwanie Widzącego może być większe niż zdaję sobie sprawę: wyzwanie pogodzenia serc, życia i uczuć. To nie wszystko: muszę jeszcze zadbać o własną ścieżkę. Galeria staje się wąska, a wraz z nią moje myśli. Moje uczucia tęsknoty za domem, a także nostalgia za matematyką i własnym życiem osobistym. Wreszcie, przychodzi nostalgia siebie. I przyspieszyć moje kroki i wkrótce jestem w drugim scenariuszu. Złamane lustra reprezentują teraz te części mojego umysłu, które zostały zachowane i rozszerzone: dobre uczucia, cnoty, dary i zdolność rozpoznawania, kiedy popełniłem błąd. Scenariusz luster jest odbiciem mojej własnej duszy. Ta samowiedza zajmę ze sobą całe moje życie. Wciąż zapisane w mojej pamięci są figury dziecka, młodego piętnastolatka i starszego mężczyzny. Są to trzy z moich wielu twarzy, które uważam, ponieważ są moją własną historią. Zostawiam drugi scenariusz, a wraz z nim zostawiam swoje wspomnienia.

Jestem w galerii, która prowadzi do pierwszego scenariusza. Moje oczekiwania dotyczące przyszłości i mojej nadziei są odnawiane. Jestem Widzącym, ewoluującym i wyjątkowym człowiekiem, przeznaczonym do tego, aby wiele dusz marzyło. Okres po jaskini będzie służył jako szkolenie i doskonalenie istniejących umiejętności. Idę trochę dalej i ujrzałem labirynt. To wyzwanie prawie mnie zniszczyło. Moim zbawieniem był Czarodziej, nietoperz, który pomógł mi znaleźć wyjście. Teraz już go nie potrzebuję, ponieważ z moimi jasnowidzami mogę łatwo przejść obok niego. Mam dar przewodnictwa w pięciu samolotach. Jak często czujemy się tak, jakbyśmy byli zagubieni w labiryncie: Kiedy tracimy pracę; Kiedy jesteśmy rozczarowani wielką miłością naszego życia; Kiedy przeciwstawiamy się autorytetowi naszych przełożonych; Kiedy tracimy nadzieję i zdolność do snu; Kiedy przestajemy być uczniami życia i tracimy zdolność kierowania własnym losem. Pamiętaj: Wszechświat predysponuje osobę, ale to my musimy iść na nią i udowodnić, że jesteśmy goli. To właśnie zrobiłem. Poszedłem w górę, wykonałem trzy wyzwania, wszedłem do jaskini, pokonałem jej pułapki i dotarłem do celu. Przechodzę przez labirynt i to mnie nie uszczęśliwia, ponieważ już wygrałem wyzwanie. Zamierzam szukać nowych horyzontów. Przeszedłem około dwóch mil między tajną komnatą, drugim i trzecim scenariuszem i dzięki tej realizacji czuję się trochę zmęczony. Czuję pot spływa w dół; Czuję również ciśnienie powietrza i niską wilgotność. Podchodzę do ninja, mojego wielkiego przeciwnika. Nadal wydaje się znokautowany. Przykro mi, że potraktowałem cię w ten sposób, ale moje marzenie, moja nadzieja i moje przeznaczenie były zagrożone. Trzeba podejmować ważne decyzje w ważnych sytuacjach. Strach, wstyd i moralność tylko przeszkadzają, zamiast pomagać. Pieszczę jego twarz i staram się przywrócić życie w jego ciele. Działam w ten sposób, ponieważ nie jesteśmy już przeciwnikami, ale towarzyszami tego epizodu. Podnosi się i z głębokim łukiem gratuluje mi. Wszystko zostało w tyle: walka, nasze "przeciwstawne siły", nasze różne języki i nasze odrębne cele. Żyjemy w sytuacji innej niż poprzednia. Możemy rozmawiać, rozumieć siebie nawzajem, a kto wie, może nawet być przyjaciółmi. Tak więc, następujące przysłowie: Uczynić z wroga zagorzałym i wiernym przyjacielem. W końcu obejmuje mnie, żegna się i życzy mi szczęścia. Odwzajemniam się. On będzie nadal stanowił część tajemnicy jaskini, a ja będę stanowić część tajemnicy życia i świata. Jesteśmy "przeciwstawnymi siłami", które się znalazły. To jest mój cel w tej książce: zjednoczyć "przeciwstawne siły". Ciągle chodzę w galerii, która daje dostęp do pierwszego scenariusza. Czuję się pewnie i całkowicie spokojny, w przeciwieństwie do tego, kiedy po raz pierwszy wszedłem do jaskini. Strach, ciemność i nieprzewidziane wszystko mnie przeraziło. Trzy drzwi, które oznaczały szczęście, strach i porażkę, pomogły mi ewoluować i rozumieć sens rzeczy. Porażka reprezentuje wszystko, od czego uciekamy, nie wiedząc dlaczego. Porażka musi być zawsze chwilą nauki. To jest punkt, w którym człowiek odkrywa, że nie jest doskonały, że ścieżka nadal nie jest rysowana i to jest moment odbudowy. To jest to, co zawsze powinniśmy robić: Odradzaj się. Weźmy na przykład drzewa: Tracą liście, ale nie swoje życie. Bądźmy jak oni: Chodzenie metamorfozy. Życie tego wymaga. Strach jest obecny, gdy czujemy się zagrożeni lub uciskani. Jest to punkt wyjścia dla nowych awarii. Przezwyciężyć swoje lęki i odkryć, że istnieją one tylko w wyobraźni. Omówiłem sporą część galerii jaskini i w tej chwili przechodzę przez drzwi szczęścia. Każdy może przejść przez te drzwi i przekonać się, że szczęście istnieje i można je osiągnąć, jeśli jesteśmy całkowicie w zgodzie ze wszechświatem. Jest to stosunkowo proste. Pracownik, murarz, woźny chętnie wypełnia swoje misje; Rolnik, plantator trzciny cukrowej, kowboj jest szczęśliwy, aby zebrać produkt swojej pracy; nauczyciela w nauczaniu i uczeniu się; pisarza na piśmie i w czytaniu; kapłan głoszący boskie orędzie, a potrzebujące dzieci, sieroty i żebracy są szczęśliwi w przyjmowaniu słów miłości i troski. Szczęście jest w nas i oczekuje ciągłego odkrywania. Aby być naprawdę szczęśliwym, powinniśmy zapomnieć o nienawiści, plotkach, porażkach, strachu i wstydzie. Ciągle chodzę i widzę wszystkie pułapki, które udało mi się i zastanawiam się, z czego ludzie są, jeśli nie mają przekonań, ścieżek lub losów. Żaden z nich nie przeżyłby pułapek, ponieważ nie mają siatki bezpieczeństwa, światła ani siły, która je wspiera. Człowiek jest niczym, jeśli jest sam. Robi coś z siebie tylko wtedy, gdy jest połączony z siłami ludzkości. Może zrobić swoje miejsce tylko wtedy, gdy jest w pełnej harmonii ze wszechświatem. Tak czuję się teraz: W pełnej harmonii, ponieważ poszedłem w górę, wygrałem trzy wyzwania i pokonałem jaskinię, jaskinię, która spełniła moje marzenie. Mój spacer zbliża się do końca, ponieważ widzę światło pochodzące z wejścia do jaskini. Wkrótce będę z niego.

Spotkanie ze Strażnikiem

Jestem z jaskini. Niebo jest niebieskie, słońce jest silne, a wiatr północno-zachodni. Zaczynam kontemplować cały świat zewnętrzny i zrozumieć, jak piękny i rozległy jest wszechświat. Czuję się ważną częścią, ponieważ poszedłem w górę, wykonałem trzy wyzwania, zostałem przetestowany przez jaskinię i wygrałem. Czuję się również przekształcony pod każdym względem, ponieważ dziś nie jestem już tylko marzycielem, ale wizjonerem, obdarzonym darami. Jaskinia naprawdę dokonała cudu. Cuda zdarzają się każdego dnia, ale nie zdajemy sobie z tego sprawy. Braterski gest, deszcz, który wskrzesza życie, jałmużnę, pewność siebie, narodziny, prawdziwą miłość, komplement, nieoczekiwane, wiara poruszające góry, szczęście i przeznaczenie; to wszystko reprezentuje cud, który jest życiem. Życie jest naprawdę hojne.

Nadal kontempluję na zewnątrz, całkowicie z podziwem. Jestem związany ze wszechświatem i to do mnie. Jesteśmy jednym z tych samych celów, nadziei i przekonań. Jestem tak skoncentrowany, że niewiele zauważam, gdy maleńka ręka dotyka mojego ciała. Pozostaję w moim szczególnym i niepowtarzalnym duchowym wspomnieniu, aż niewielka nierównowaga spowodowana przez kogoś zwali mnie z mojej osi. Zwracam się na pytanie i widzę chłopca i opiekuna. Myślę, że byli u mojego boku od dłuższego czasu i nie zdawałem sobie z tego sprawy.

— Tak, przeżyłeś jaskinię. Gratulacje! Miałem nadzieję, że tak. Wśród wszystkich wojowników, którzy już próbowali wejść do jaskini i zrealizować swoje marzenia, byłeś najbardziej zdolny. Jednak powinieneś wiedzieć, że jaskinia jest tylko jednym z wielu kroków, z którymi będziesz musiał się zmierzyć w życiu. Wiedza jest tym, co da ci prawdziwą moc i to jest coś, czego nikt nie będzie w stanie wam odebrać. Wyzwanie jest uruchamiane. Jestem tutaj, aby ci pomóc. Zobaczcie, przywiozłem ci to dziecko, aby towarzyszyło wam w waszej prawdziwej podróży. Będzie bardzo pomocny. Twoim zadaniem jest zjednoczenie "przeciwstawnych sił" i ich owoc w innym czasie. Ktoś potrzebuje twojej pomocy i dlatego cię wyślę.

— Dziękuję. Jaskinia naprawdę spełniła moje marzenie. Teraz jestem Widzący i jestem gotowy na nowe wyzwania. Jaka jest ta prawdziwa podróż? Kim jest ten ktoś, kto potrzebuje mojej pomocy? Co się ze mną stanie?

— Pytania, pytania, moja droga. Odpowiem jednej z nich. Z nowych uprawnień, będzie podróż z powrotem w czasie, aby zniekształcić niesprawiedliwości i pomóc komuś znaleźć się. Resztę odkryjesz dla siebie. Masz dokładnie trzydzieści dni na realizację tej misji. Nie trać czasu.

— Rozumiem. Kiedy mogę iść?

— Dzisiaj. Czas jest naciskając.

To powiedział, opiekun wręczył mi dziecko i pożegnał się polubownie. Co mnie czeka na tę podróż? Czy to możliwe, że wróżka jest naprawdę w stanie naprawić niesprawiedliwości? Myślę, że wszystkie moje uprawnienia będą potrzebne, aby dobrze sobie z tym zrobić w tej podróży.

Żegnanie się z górą

Góra oddycha powietrzem spokoju i spokoju. Odkąd tu przyjechałem, nauczyłem się go szanować. Myślę, że to również pomogło mi go skalować, przezwyciężyć wyzwania i wejść do jaskini. To naprawdę było święte. Stało się tak ze względu na śmierć tajemniczego szamana, który zawarli dziwny pakt z siłami wszechświata. Obiecał oddać swoje życie w zamian za przywrócenie pokoju w swoim plemieniu. Przez wieki Xukuru dominował w regionie. W tym czasie ich plemiona były w stanie wojny z powodu Ruse czarnoksiężnika z północnego plemienia Kualopu. Pragnął władzy i całkowitej kontroli nad plemionami. Ich plany obejmowały również dominację nad światem z ich mroczną sztuką. W ten sposób rozpoczęła się wojna. Południowe plemię odwetowe ataki i śmierć rozpoczęła. Całe państwo Xukuru było zagrożone wyginięciem. Następnie szaman południa zjednoczył swoje siły i zawarli pakt. Południowe plemię wygrało spór, czarodziej został zabity, szaman zapłacił cenę swojego przymierza, a pokój został przywrócony. Od tego czasu góra Ororubá stała się święta.

Nadal jestem na skraju jaskini analizując sytuację. Mam misję do wykonania i chłopca do opieki, mimo że nie jestem jeszcze ojcem siebie. Analizuję chłopca od stóp do głów i od razu zdaję sobie z tego sprawę. On jest tym samym dzieckiem, które starałem się uratować od pazurów tego okrutnego człowieka. Wydaje mi się, że jest niemy, bo jeszcze go nie słyszę. Staram się przerwać ciszę.

— Synu, czy twoi rodzice zgodzili się pozwolić ci podróżować ze mną? Spójrz, zajmę cię tylko wtedy, gdy jest to absolutnie konieczne.

— Nie mam rodziny. Moja matka zmarła trzy lata temu. Potem opiekował się mną mój ojciec. Jednak byłem nadużywany tak bardzo, że postanowiłem uciec. Opiekun zajmuje się mną teraz. Pamiętaj, co powiedziała: Potrzebujesz mnie w tej podróży.

— Przykro mi. Powiedz mi: Jak twój ojciec źle cię potraktuje?

— Sprawił, że pracowałem dwanaście godzin dziennie. Posiłki były ograniczone. Nie wolno mi było grać, uczyć się, a nawet mieć przyjaciół. Często mnie bił. Ponadto nigdy nie dał mi żadnego uczucia, które ojciec powinien dać. Postanowiłem więc uciec.

— Rozumiem twoją decyzję. Pomimo tego, że jesteś dzieckiem, jesteś bardzo mądry. Nie będziesz już cierpieć z tym potworem ojca. Obiecuję, że zaopiekuję się wami w tej podróży.

— Zadbaj o mnie? Wątpię.

— Jak się nazywasz?

— Renato. To było imię, które wybrał dla mnie opiekun. Wcześniej nie miałem nazwy ani żadnych praw. Co należy do Ciebie?

— Aldivan. Ale możecie nazwać mnie Widzącym lub Dzieckiem Bożym.

— W porządku. Kiedy wyjedziemy, wróżka?

— Wkrótce. Teraz muszę pożegnać się z górą.

Gestem zrobiłem sygnał, aby Renato mi towarzyszył. Chciałbym okrążyć wszystkie szlaki i górskie zakątki przed wyjazdem do nieznanego miejsca przeznaczenia.

Podróż w czasie.

Właśnie pożegnałem się z górą. To było ważne w moim duchowym rozwoju i przyczyniło się do mojej wiedzy. Będę miał dobre wspomnienia z tego: Jego przytulny top, gdzie ukończyłem wyzwania, spotkałem się z opiekunem, a także gdzie wszedłem do jaskini. Nie mogę zapomnieć o duchu, młodej dziewczynie czy dziecku, które teraz mi towarzyszy. Były one ważne w całym procesie, ponieważ sprawiły, że sam się zastanowiłem i skrytykowałem. Przyczynili się do mojej wiedzy o świecie. Teraz byłem gotowy na nowe wyzwanie. Czas góry się skończył, jaskinia również, a teraz będę podróżować w czasie. Co mnie czeka? Czy będę miał wiele przygód? Tylko czas pokaże. Mam zamiar opuścić szczyt góry. Biorę ze sobą moje oczekiwania, torbę, moje rzeczy i chłopca, który mnie nie puści. Z góry widzę ulicę i jej zawartość w miejscowości Mimoso. Wygląda to na małe, ale jest dla mnie ważne, ponieważ to właśnie tam poszedłem na górę, wygrałem wyzwania, wszedłem do jaskini i spotkałem opiekuna, ducha, młodą dziewczynę i chłopca. Wszystko to było ważne, abym stał się Widzącym. Widzący, osoba, która była w stanie zrozumieć najbardziej zdezorientowane serca i przekroczyć czas i dystans, aby pomóc innym. Decyzja została podjęta. Odejdę.

Mocno podchodzę do ręki dziecka i zaczynam się koncentrować. Zimny wiatr uderza, słońce trochę się nagrzewa, a głosy góry zaczynają działać. Potem na dole słyszę słaby głos wołający o pomoc. Skupiam się na tym głosie i zaczynam wykorzystywać swoje moce, aby spróbować go znaleźć. To ten sam głos, który usłyszałem w jaskini rozpaczy. Jest to głos kobiety. Jestem w stanie stworzyć krąg światła wokół mnie, aby chronić nas przed skutkami podróżowania w czasie. Zaczynam przyspieszać naszą prędkość. Musimy osiągnąć prędkość światła, aby przebić się przez barierę czasu. Ciśnienie powietrza wzrasta stopniowo. Czuję zawroty głowy, zagubiony i zdezorientowany. Przez chwilę przełamuję światy i samoloty równoległe do naszych. Widzę niesprawiedliwe społeczeństwa i tyranów jak w naszym własnym. Widzę świat duchów i obserwuję, jak działają one w idealnym planowaniu naszego świata. Widzę ogień, światło, ciemność i zasłony dymu. Tymczasem nasza prędkość przyspiesza jeszcze bardziej. Jesteśmy blisko przekroczenia prędkości światła. Świat się odwraca i przez chwilę widzę siebie w starym chińskim imperium, pracując na farmie. Kolejna sekunda przechodzi i jestem w Japonii, serwując przekąski do cesarza. Szybko zmieniam lokalizacje i jestem w rytuale, w Afryce, na sesji kultu ochraniacz. Nadal przeżywam życie w mojej pamięci. Prędkość wzrasta jeszcze bardziej i w krótkim momencie osiągnęliśmy ekstazę. Świat przestaje się obracać, okrąg rozpada się i spadamy na ziemię. Podróż w czasie została zakończona.

Końcu

www.ingramcontent.com/pod-product-compliance
Lightning Source LLC
LaVergne TN
LVHW021007200726
843506LV00012B/2209